幕臣の湯屋

本丸 目付部屋 11

藤木

JN075534

二見時代小説文庫

目次

第一話　九ツの廻《まわ》り　7
第二話　笙太郎《しようたろう》の縁談　78
第三話　湯屋《ゆや》の火事　145
第四話　町場拝領　207

幕臣の湯屋——本丸 目付部屋11

幕臣の湯屋――本丸目付部屋11・主な登場人物

松平右京大夫輝高《まつだいらうきょうだいぶてるたか》……次席老中。上野高崎藩八万二千石の実力者。

牧原佐久三郎頼健《まきはらさくさぶろうよりきよ》……奥右筆組頭《おくゆうひつくみがしら》より目付となった切れ者。その経歴ゆえに「幕府の法」に明るい。

冴島允四郎《さえじまじょうしろう》……譜代の家柄。使番の詰め所で同僚の南田を殴り、親類に預かりの身となる。

南田八十助《みなみだやそすけ》……三十五歳の使番。冴島と諍いを起こしてしまう。

山倉欽之助《やまくらきんのすけ》……物怖じをしない性格の若き徒目付。

妹尾十左衛門久継《せのおじゅうざえもんひさつぐ》……十名いる目付方の筆頭を務める練達者。千石の譜代の旗本。

笙太郎《しょうたろう》……妹尾家の養子となった十五歳の甥。十左衛門の妹、咲江の三男。

橘　斗三郎《たちばなとさぶろう》……四人いる徒目付組頭の中で特に目付の信頼を集めている、十左衛門の義弟。

飯田路之介《いいだみちのすけ》……父の悪事で家を失うが、十左衛門に保護され妹尾家の若党となった少年。

香山唱江《こうやまうたえ》……笙太郎との間で縁談が持ち上がった香山千尋《ちひろ》の母。

本間柊次郎《ほんまとうじろう》……目付方配下として働く、若く有能な徒《かち》目付。

赤堀小太郎乗顕《あかほりこたろうのりあき》……小十人頭《がしら》から目付となった男。目付方にあって一番優しく朗らかな男。

高木与一郎《たかぎよいちろう》……有能と評判の古参の徒目付。

楢崎謙一郎《ならざきけんいちろう》……二百八十六坪と三坪を交換した三十九歳の家禄百五十俵の勘定役の旗本。

堺屋伊左衛門《さかいやいざえもん》……武家の相対替えの口利きに留まらず、さまざまな裏の顔を持つ悪徳商人。

第一話　九ツの廻《まわ》り

一

江戸城の本丸御殿では、毎日、昼の九ツ刻《どき》（十二時頃）、出世を目指す城勤めの男たちにとっての、しごく大切な行事が行われている。

それというのも老中の仕事の一つに『廻《まわ》り』と呼ばれるものがあり、その月の月番《つきばん》の老中は、毎日きまって九ツ刻になると、『御用部屋（老中たちの執務室）』での仕事をいったん休止して、城内でその日勤務している要職の役人たちと挨拶を交わすため、御殿のなかの幾つかの座敷を「廻り」歩くのである。

順路には決まりがあり、御用部屋を出た月番老中は、案内に立つ御用部屋の坊主に先触《さきぶ》れをさせながら、『土圭之間《とけいのま》』、『中之間《なかのま》』、『羽目之間《はめのま》』、『山吹之間《やまぶきのま》』、『雁之間《かりのま》』、

『菊之間』、『芙蓉之間』と巡り、そこからまた中之間と土圭之間を通って、御用部屋へと戻る形になっていた。

それぞれの座敷には、そこを「控えの間」として定められている役人たちが、老中が通りかかるのを待って、いつでも平伏できるよう正座で居並んでいる。

そのなかの一つ、広さ四十畳あまりもある『中之間』には、その日登城して勤務についている『留守居《るすい》』、『大目付《おおめつけ》』、『町奉行《まちぶぎょう》』、『勘定奉行《かんじょう》』、『作事奉行《さくじ》』、『普請奉行《ふしん》』、『小普請奉行《こぶしん》』、『目付』といった役職の者たちが、それぞれに並んで控えていたが、目付方では今日の当番が佐竹甚右衛門《さたけじんえもん》と牧原佐久三郎《まきはらさくさぶろう》だったので、この二人が代表する形で「ご挨拶」の席に着いていた。

「しーッ、しーッ、しーッ」

と、遠くから聞こえてきたのは、御用部屋坊主の声である。この一種独特な先触れの掛け声は、「この後すぐに、ご老中のお通りがございますゆえ、くれぐれもご無礼のなきよう、ご準備をくださいまし」という意味合いで、城内の役人たちに注意を促《うなが》すものだった。

今月、月番の老中は、次席老中・松平右京 大夫輝高《まつだいらうきょうだいぶてるたか》である。

「しーッ、しーッ」

いよいよ近くなってきた先触れの声とともに、前後に坊主たちを供《とも》につけた次席老中が姿を現した。

「留守居の八木原淡路守《やぎはらあわじのかみ》にてございまする」

中之間にいる者たちのなかでは一番に職の格が高い、役高五千石の留守居たちから挨拶が始まって、役高三千石の大目付、同じく役高三千石の町奉行などと、順次ご挨拶が過ぎていき、いよいよ役高千石の目付方の番となった。

「目付の佐竹甚右衛門にてございまする」

そう名乗りをあげてから、改めて額を畳につけるようにした先輩の佐竹に続いて、牧原も平伏し、ご挨拶を申し上げた。

「同じく目付の牧原佐久三郎にてございまする」

「おう、牧原ではないか」

これまでの者には何の返事もしなかった次席老中が、牧原にだけ声をかけてきたのは、牧原の前職が『奥右筆組頭《おくゆうひつくみがしら》』だったからである。

それというのも『奥右筆方』は、御用部屋から廊下一つ隔《へだ》てただけのところに詰所《つめしょ》を与えられており、老中や若年寄から頼まれて公用文書の草案《そうあん》を作ったり、また雑用の坊主たちには任せられない重大な案件の場合には、「老中や若年寄の秘書」として、関係各所との意見交換や連絡を担ったりと、さまざまに立ち働くのが仕事なのだ。

なかでも二名きりしかいない組頭は、日々、御用部屋に上げられてくる願書や意見書のすべてに目を通して、必要があれば平《ひら》の奥右筆たちに命じて、老中ら上《うえ》つ方《かた》が読みやすくなるよう内容の要点をまとめさせもするし、もしその願書や意見書に疑問や不審な点などがあれば先立って調査させ、見比べられる先例があったほうがよさそうだと思えば、過去の資料から参考になりそうなものを探させたりもするのである。

おまけに当時、牧原は「仕事にむだな私情を挟まず、常に迅速かつ的確に、何でも上手《うま》く処理してくれる」と老中や若年寄たちから絶大な信頼を置かれており、次席老中の右京大夫も、有能な牧原を頼りにして可愛がっていたのだ。

「どれ、牧原。久方ぶりに、その小生意気な面《つら》を眺めてやるゆえ、ちとこちらに顔を上げてみよ」

「ははっ。なれば、お目汚しではございましょうが、お言葉に甘えさせていただきまして……」

言いながら牧原が平伏の形をゆるめて顔を上げると、そんな元奥右筆組頭に満足したか、右京大夫はからかうように言ってきた。

「ふん。十左衛門ら目付どもとともにいて、いよいよもって可愛《かわい》げのない面構えになりおったな」

「ははっ。恐れ入りたてまつりまするる」

そう言って再び深く平伏した牧原を一瞥《いちべつ》すると、右京大夫は傍目《はため》にも上機嫌な顔つきで、次の座敷へと向けて去っていった。

その次席老中の後ろ姿が角を曲がって見えなくなると、中之間で「お迎え」をした一同は、一番に職格の高い留守居から順に立ち上がって、それぞれに自分の執務室へと戻り始めるというのが、まずは日常の風景である。

だが今日に限っては、どうした訳か、その一番の「お留守居さま」がなかなか動かず、ようやく立ち上がってくれたと思ったら、その場で仁王立《におうだ》ちになって下座にいる目付方《こちら》のほうへと向き直ってきた。

「牧原どの、ちとよろしいか？」

名指しで声をかけてきたのは、留守居方からはただ一人「本日のご挨拶」に出席していた八木原淡路守である。

「ははっ」

と、牧原がそちらに向かい、平伏すると、その牧原を見下ろして、淡路守は険しい顔つきで言ってきた。

「先ほどのそなたの仕儀《しぎ》についてでござるが、いささか目に余るものがござったぞ。いかにご老中よりのお申し出であろうとも、ああしてすぐに厚かましく面《おもて》を上げるものではない」

「いや、淡路守さま。私も、さように……」

横手から間髪容《かんはつい》れずに同調してきたのは、大目付の一人、登坂豊後守《とさかぶんごのかみ》である。中之間に並ぶ諸役のなかでは、留守居に次いで職格が高いのが大目付なため、「ご挨拶」に居並ぶ順も、留守居である淡路守の隣となっている。

そんな席順も手伝ってか、豊後守は少しく淡路守に胡麻《ごま》をするような形で、はっきりと牧原に説教をし始めた。

「まこと淡路守さまの仰《おお》せの通りにござるぞ。前職の奥右筆方の頃ならいざ知らず、すでにそなたは目付であろう？　己《おの》が身の立場というものを心得よ」

「はい。まこと、出過ぎた真似《まね》をばいたしました。申し訳ござりませぬ」

牧原がすぐに素直に謝って、二人に向けてさらに深く平伏すると、上からは蛙《かえる》みたいに見える牧原の姿にどうやら満足したらしく、淡路守も豊後守も、やっといつものようにその場から立ち去り始めた。

そんな上位の二人の退出を、待ちかねていたのであろう。町奉行以下、他の役人たちも次々と、足早に中之間から退出していった。

町奉行にせよ、勘定奉行や作事奉行にせよ、職格としてはたしかに大目付より下位にあたるのだが、実際には「閑職《かんしょく》」といえる留守居や大目付に比べて何十倍も忙しく、「もうご老中ばいらっしゃらない」というのに、こんなところで長々と時間を潰す訳にはいかないのである。

そんな町奉行たちが立ち去るのを低頭して見送り終えると、佐竹と牧原はようやく立ち上がった。

留守居も大目付も大名ではなく旗本の就く役職だから、いざともなれば、役高など三千石であろうが五千石であろうが、幕臣を監察・指導するのが仕事の目付方《こちら》は、少しの遠慮も忖度《そんたく》もするものではないのだが、今日のような平常時には、やはり上位の役職者を立てて、千石高の自分たちは身を控えていなければならない。

もとよりこの「中之間」には、旗本が就ける役職の最高峰ばかりが集められており、職の重要度こそ高いとはいえ、「清貧《せいひん》」千石高の目付は一番に下位なのだ。

「いや、牧原どの。とんだ災難でござったな」

先輩の佐竹がなぐさめるような口調でそう言ってきてくれて、牧原は苦笑いをして見せた。

『お言葉に甘えて……』などと申し上げましたのが、良うなかったのやもしれませぬ。それゆえ皆さまの癇《かん》に障《さわ》って……」

「いや牧原どの、そうしたものでもなかろうて。今日などは、貴殿がどう口を利《き》いたところで、結句お気に召さぬであろうことは目に見えておるゆえな」

すでに中之間にはもう誰もいないため、こうして話していられるのだが、それでも佐竹は声を落としてそう言って、つと先を、優しい面持ちでつけ足してきた。

「したが、ようござったな。貴殿がずっと右筆方で、満足に休む暇もなく日々懸命に相勤めていた姿を、ああして今でもお心に留めてくださっているということではござらぬか」

「はい……。佐竹さま、有難うございます」

いつもながらのそんな佐竹の優しさを改めて噛みしめながら、牧原が佐竹の後について目付部屋まで戻ってくると、その二人を追いかけてくるようにして、

「御目付さま！」

と、後ろから城勤めの役人の一人と見える男が駆け寄ってきた。

「『使番方《つかいばんかた》』から参りました柿田《かきた》と申す者にてござりまするが、ついさっき同輩二名の間でちと騒ぎが起こりまして、うち一人が乱闘の末に、詰所の襖《ふすま》を一つ破いてしま

いまして」

「して、怪我人は出ておるのか？」

そう訊いた佐竹に「柿田」と名乗った使番は、首を横に振って見せてきた。

「取り立てて『怪我』と申すほどのものではございませんが、殴られて襖に打ち付けられましたほうが、少しく腰や背中を痛めたようにてございまして……」

「さようか……」

「佐竹さま」

と、横手から声をかけてきたのは、牧原佐久三郎である。

「あの、よろしければ、私が……」

「おう、牧原どの。頼めるか？」

「はい。なれば、これよりさっそくにも、見てまいりまする」

そう言って佐竹に笑顔で一礼すると、牧原は柿田の案内で、使番の詰所へと向かうのだった。

二

『使番』というのは字の通り、「将軍の使い」として、あれやこれやと御用をこなすのが仕事の役職である。

大昔まだ戦《いくさ》が続いていた時代には、将軍の目や耳や口となって、時には自らの命を懸けて敵方への和睦《わぼく》などの使者を務めたり、また一方では、離れた場所にいる味方の部隊に戦略を伝えに走ったり、将兵たちの手柄の有無を見届けて将軍に報告をしたりと、たいていは危険と隣り合わせとなる重大な任務を担っていたものである。

だが昨今の、平和がうち続いているなかにあって、使番の主なる役目は、幕府から出される諸大名への個人的な通達や、問題のありそうな大名家の政治や動静の視察となっている。

また他方、日常的な仕事としては、江戸市中のどこかに火事などの災害が起こった際、ただちに現場に急行して状況を視察し、それをなるだけ早く正確に「江戸城においでの上様のもとに、ご報告申し上げる」というものもあった。

つまりは総じて『使番』というのは一人一人が別行動で、それぞれに仕事をこなすことが多い役職なのである。

それゆえ使番方では、総勢で二十五名いるうちのほとんどの者が、城外に出張する形で何かの任務に就いており、登城して詰所に待機しているのは、有事の際に備えるための「当番」のほかは、報告書の書きまとめに来ている幾人かだけであった。

今日なども城にいたのは、六人きりだったそうである。

揉め事を起こしたのはそのうちの二名の者で、目付部屋まで報せに来た柿田の話によれば、殴られて腰を痛めたほうは今年三十五歳になった「南田八十助《みなみだやそすけ》」という者で、また殴った側の「冴島允四郎《さえじまじょうしろう》」という男も、南田と同い歳だそうであった。

「して、その『冴島どの』は、もう落ち着いておられるのでござるか？」

使番の詰所の近くまで来て立ち止まり、その場で事情を説明し始めた柿田に焦りの色が感じられないため、そう訊いてみたのだが、どうやら牧原の読みは当たっていたようである。

「はい」

と、柿田は、いささか手柄《てがら》話めいた口調で言い出した。

「私ども皆で押さえて引き分けておきましたゆえ、今はもう静かになっております」

「ではまずは、『冴島どの』がほうより先に、お話を伺《うかが》おう」

牧原はそう言うと、つと自分の後ろに控えていた「山倉欽之助《やまくらきんのすけ》」という配下の徒目《かち》付を振り返った。

「欽之助」

「はっ」

この二十七歳の山倉欽之助とは、以前にも二度ほどともに仕事をしたことがあり、まだ目付となって日の浅い牧原にとっては、数少ない気心の知れた配下の一人なのである。

「下《した》部屋にて会談いたすゆえ、そちらにお連れしてくれ」

「承知いたしました。なれば、さっそく」

「あ、では私がご案内を……」

横手から言ってきたのは、柿田である。その柿田とともに使番方の詰所のあるほうへと向かった山倉欽之助の背中を見送ると、牧原は一足先に目付方の下部屋へと歩き出すのだった。

山倉に連れられてきた「冴島允四郎」は、ついさっき他者《ひと》に殴りかかったとは思えぬほどに、落ち着いた風情の男であった。

下部屋に入ってくるなり、すぐに敷居のそばで正座して畳に両手をついて、牧原《こちら》へと深く頭を下げてきた。

「牧原さま。こたびは要らぬお手間をおかけいたしまして、まことにもって申し訳もございませぬ」

と、名指しで言ってきたところを見ると、たぶん冴島はこちら《むこう》のことを、前職が奥右筆組頭だったことも含めて聞き知っているのであろう。そのまま平伏して顔を上げようとしない冴島を会談《はなし》の席に着かせるため、牧原はやわらかい口調で話しかけた。

「いやなに、どうもまだ仔細のほどがよう判らぬゆえ、こうしてお呼びいたしたのでござるが……」

そう言って牧原は、ズズッと膝で冴島のいるほうへと進んでいき、冴島が驚くほどの近さにまで寄りきって、訊問をし始めた。

「して、結句、一体何があったのでござる？　どうも貴殿のご様子を見るかぎりでは、城内で乱闘騒ぎを起こされるとは思えぬが……」

「………」

まだ平伏の格好のままではあるが、それでも冴島の身体から、ふっと緊張がゆるんできたのは見て取れる。

実はこうしてスッと相手の側に寄り添って、できるだけ向こうが気を許してくれるよう、そうして相手が自ら話してくれるようにと、流れを向けていく形で訊問を進めていくのが、牧原のやり方なのだ。

それというのも牧原は、元来が家禄三百俵の『右筆方《ゆうひつかた》』の家系であり、今でこそ役高千石の目付の職を勤めているが、幕臣旗本としてはお世辞にも高位の旗本家とはいえない身分なのである。

現に今、訊問の対象として眼前にいる冴島ら『使番』たちも役高は千石で、職の格からすれば同じ千石の役高でも『目付』のほうが高位だから、こうして冴島《あちら》も平伏してくるのであろうが、さりとて本来、牧原は家禄三百俵の家柄の旗本だから、たとえば牧原が目付を辞めて無役になれば、もとの三百俵高に戻ってしまう。

武家にとって家の格というのは、いつ何時でもついてまわる絶対的な優劣なので、本来は役高千石の目付の職には見合わない三百俵高の牧原が、役高千石の使番たちを訊問するのは、実はかなりやりづらいことなのだ。

それでも牧原は奥右筆組頭を勤めていた頃にも、何かというと老中や若年寄の秘書として、自分より家格が上位の旗本や大名たちを相手に、あれやこれやと言いづらいことを訊ねたり、伝えたりしてきたのである。

ことに大名家を相手に嫌がられるような話をするのは本当に大変で、当時も牧原はあの手この手で、相手の大名家が怒り出さないよう上手く勤めたものだった。

そんな牧原であるから、今日のこの使番への訊問も、まずは冴島に寄り添うところから始めたのである。

「冴島どの。何ぞお申し立ての儀がござるようなら、是非にもお話しくだされ。さもなくば、こたびの『騒ぎ』のどこに正義があるものか、我ら目付も裁断の下しようがござりませぬし、やはり……」

と、まだ説得を続けようとしていた牧原の言葉を遮《さえぎ》るようにして、ようやく冴島允四郎が口を開いた。

「……武士として、どうにも許せぬ仕儀がございました」

「して、その仕儀とは、どのような?」

「本日の『ご挨拶』の際にてございました……」

冴島の言った「ご挨拶」というのは、月番の老中が毎日行っている「九ツの廻り」の挨拶のことである。

毎日行われる「九ツの廻り」の際に、目付方が『中之間』でご挨拶をするのと同様に、冴島ら使番方は『菊之間』という座敷に居並んで、お迎えをするのである。

菊之間には『使番』のほかにも、『大番頭《おおばんがしら》』、『書院番頭《しょいんばんがしら》』、『小姓組番頭《こしょうぐみばんがしら》』たちが、それぞれに居並んで控えていたが、今日はその使番方の者らの間に、実は静かに揉め事が起こっていたというのだ。

「今日は六名ほどが登城いたしておりましたので、我ら使番方では、私を含めた三名が前列に、残りの三名が後列にと、前後二列に並んで座しておりました」

並びの順は、当然ながら、古参順である。今日いた六名のなかでは「島村《しまむら》」という者が最古参で、次がくだんのさっき報告に駆けつけてきた「柿田」で、その次に「冴島」と「南田」が入り、残る二名は後輩にあたる「大原《おおはら》」と「茂手木《もてぎ》」という、まだ三十にもならない男たちだそうだった。

「なれば前列が、先輩格のそのお二人と貴殿の三名で、後列に南田どのが後輩お二人とともに並ばれたと、そうしたことでよろしゅうござるな？」

「はい。私と南田どのとは年齢が同じでございまして、使番となりましたのも八年前と、ほぼ一緒ではございますのですが、厳密に言えば私のほうが一ヶ月《ひとつき》半ほど、先に入っておりまする。それゆえ私が前列で、南田どのが後列にと、さように分けたのでございますが……」

最古参の「島村」の後ろには「大原」が、「柿田」の後ろには「茂手木」が座しており、その「南田八十助」は「冴島」の後ろにいたそうだった。

「いや、冴島どの、ちとそれはおかしゅうござらぬか？」

牧原は冴島の話に横から口をはさんだが、これは「あえて」のことである。

「そも前列に三名座したその並びも、一等上座から古参の順に『島村どの』、『柿田どの』、『冴島どの』と並んだのであろうから、後列とて、一等上座は『南田どの』より始まるのが道理でござろう？　何ゆえ後輩二人が上座に着いて、南田どのが一等下座となられたのでござる？」

これまでの冴島の話が、やけに並び順にこだわる風であったので、その点にこたびの揉め事のタネがあるのではないかと踏んで、牧原はわざと水を向けてみたのだが、どうやら読みは当たったようだった。

「いやまさしく、そこなのでござりまする」

冴島は、俄然、勢いを得て、一気にしゃべり始めた。

「普通であれば、一等上座の島村さまの後ろに着くところでございましょうに、なぜか下座の私の後ろに座したのでござりまする。おそらくは、端《はな》から私の『袴《はかま》のすそ』をつかんで、転ばせようとでも考えていたものかと……」

「袴のすそ？」

いよいよ話は、佳境に入ってきたようである。

「はい」

と、冴島も勇んだ顔で、身を乗り出してきた。

「前に座った私の袴のすそを、後ろから南田どのがグッと手でつかんで引っ張ってまいりまして、それで私は動きを封じられた形になり、ご老中にご挨拶をするため一膝前に出ようとしたところで思わず前につんのめり、ご老中の御前《ごぜん》だというのに、無様《ぶざま》にベタリと両手をついてしまいました」

「いや、それは……」

その状況を想像して、牧原は、正直、次の言葉を何と続ければよいものか、大いに迷っていた。

いみじくも今日、牧原自身が、『留守居』の八木原淡路守や『大目付』の登坂豊後守に目をつけられてしまったことでも明白なように、「九ツの廻りの際に、上手く月番のご老中にご挨拶ができるか否か」は、先の出世を目指す男たちにとっては、死活問題といえるほどに重要重大なことなのである。

冴島が今日の「ご挨拶」を、猟官《りようかん》運動の一環としてしごく重要視していたことは、

「ご老中にご挨拶をするため、一膝前に出ようとした」と、今、自らそう言っていたから明白である。

だが牧原自身は、自分が長く奥右筆方にいて、御用部屋の老中や若年寄ら上つ方をいつも間近に見てきたものだから、老中たちが「月番の際に毎日やらねばならぬ九ツの廻り」を、いかに面倒くさがっているかを熟知していた。

現に、今月ちょうど月番をしている次席老中の松平右京大夫などは、

「月番の時は、そうでなくともあれやこれやと諸方から下らんことを持ち込まれて、腹が立つほど忙しいというに、毎日わざわざ仕事の手を止めて『廻り』などと、まったくもって無駄なことを……」

と、短気な性格をそのままに隠さず出して、しょっちゅう文句を言っていたものだった。

だがそんな上つ方の実態を、ここで公にする訳にはいかない。

仕方なく牧原は、ごく凡庸な質問で、訊問を再開した。

「して、結句、どうなされた？」

「いやもう、どうにもできるものではござりませぬ。ベタリと前に両手をついてしまいましたゆえ、尻が無様に上がってしまっておりましたでしょうが、そのままの格好

でご挨拶をいたしました」

「さようでござったか……」

冴島は九ツの廻りのご挨拶を「出世の糸口に……」と考えていたに違いないから、後ろから袴を押さえた南田をどうにも許せなかったのであろう。

だがもとより本当に「南田」という者が、わざと袴を引っ張ったのかどうかも判らない。冴島は機嫌を損ねるであろうが、まずはそこから確かめねばならなかった。

「後ろから袴を引かれたということでござるが、『南田どの』とか申すその御仁《ごじん》が確かに引いたと、誰ぞご後輩の『大原どの』なり『茂手木どの』なりが目撃されて、そう申されていたのでござろうか？」

「『証言』ということでございましたら、わざわざ他者《ひと》に頼るまでもございません。しでかした当人が『押さえた』と、そう申しましたので」

「なれば、その南田どのが、はっきりと認めたと？」

「はい。けだし向こうは『わざとやったものではない』と、白々しくも、さよう申しておりましたが……」

ご老中のお出ましに平伏の形を取ろうとして両手を前についたら、たまたまそれが前列に座していた冴島の袴のすその上だったと、そう主張してきたらしい。

「ですが牧原さま、実際には万が一にも、さようなことではございません。もし本当《まこと》に誤って押さえただけでございましたら、私が『ご挨拶』で前に出ようと動き出した時点で気がついて、手を放すはずにてございましょう。それを平気で押さえていたのでございますから、まさしく故意《こい》というもので……」

「なるほど……」

牧原は「いかにも納得した」という風に、大きく幾度かうなずいて見せると、つと軽い調子で、こう訊ねた。

「して、南田どのがさような真似をなさる理由に、何ぞお心当たりはござらぬか？」

「それは……」

と、一瞬、冴島が何ぞか言いづらそうに口ごもったことに、牧原は注目していた。

「やはり何ぞか、諍《いさか》いの種のごときがござったか？」

「……『諍い』というほどのものではございません。けだし、このところ私ばかりに、何かと大事な案件の命《めい》が下されておりますゆえ、南田どのは同輩として、それが許せぬのでございましょう」

「ほう。では、大きな案件が貴殿ばかりに？」

「はい……。こう申しては何なのでございますが、対して南田どのがご担当の案件は、どれもみな取り立てて『どうこう』言うほどの案件《もの》ではございませんでしたので、やはり……」

「さようでござったか」

牧原は、また大仰《おおぎょう》にうなずいて見せると、先を足してこう言った。

「いや、冴島どの。ご貴殿の口からはなかなかに言いづらきところをば、あれこれとお伺いいたしたが、なにせこたびはご城内での喧嘩口論にてござるゆえ」

「はい。そこは承知をいたしております。私こそ、かようにお騒がせをいたしまして、まことにもって申し訳も……」

そう言って冴島は改めて頭を下げると、続けてきた。

「詰所の襖に穴を空けてしまいましたことは、すべて私の責任《せき》にてござりまする。これだけは、いっさい何も南田どのに非がある訳ではございませんので……」

「穴……？　いや、先ほどの柿田どのよりの報せでは『襖が破れた』と、伺《うかご》うたのでござるが……」

「『破れた』と申せば、たしかにその通りにございますのですが……」

菊之間で袴の一件があった後、使番方の詰所に戻ってきて間もなく、冴島は「さっきの『あれ』は、一体どういうつもりだ！」と、南田に詰め寄ったという。

「けだし、先ほど申し上げました通りで、南田どのは『わざと押さえた訳ではない』などと、のらりくらりと話をはぐらかすばかりでございまして、いっこうまともに、こちらに向き合おうとはいたしませんで……」

その態度が何とも不遜《ふそん》に不誠実に見えて、冴島はカッとなり、南田の胸倉をつかんで殴りかかってしまったそうで、その際に殴り飛ばされた南田が身体ごと襖にぶつかって、腰に差した脇差の鐺《こじり》で、襖に穴を空けてしまったそうだった。

「さような次第でございますゆえ、『襖の責任《せき》』は、すべて私ただ一人にございます。断じて南田どのには、何の責任もございませぬ」

「承知いたした」

どうやらこの冴島は、どうあっても南田に借りは作りたくないようである。

この先まだ訊問を続けても、今はこれ以上の話は出てこないであろうと見て取って、牧原はこの席をまとめにかかった。

「されば、冴島どの。こたびの一件、これよりは我ら目付方にてお預かりをいたすゆえ、さようお心得を……」

「ははっ」

とりあえず今はいったん使番の詰所に戻し、万が一にも逃げたり暴れたりせぬよう目付方の配下をつけて見張らせたうえで、冴島自身の親類縁者に「預かり」の旗本家を見つけて、一件の沙汰が決まるまで預かってもらうことになるであろう。

だが、まずはいったん「襖の穴」とやらを検分させてもらうため、牧原も冴島とともに使番の詰所へと向かうのだった。

三

冴島が「すべて自分の責任だ」と執拗《しつよう》に繰り返していた襖の破損は、本当に小さく穴が空いただけのもので、大騒ぎをするほどの代物ではなかった。

もとより城勤めの役人たちに使わせるだけの詰所用の座敷など、建具に凝っている訳ではない。襖にしても障子にしても、ごく平易で安価な仕立てになっており、たとえば『芙蓉之間』とか『柳之間《やなぎのま》』などのように、室内の襖の全面に「芙蓉の花」や「柳の木」の襖絵が、荘厳に描かれている訳ではない。

穴の修繕のみになるか、襖全体の張替えになるかは判らないが、どちらにしても、さしたる費用はかからないであろうと思われた。

その襖の破損具合を見てきたうえで、牧原は、今度は目付方の下部屋に「南田」のほうを呼び出した。

「使番の南田八十助でございます。こたびはまこと、よけいなお手間をおかけいたしまして、申し訳もござりませぬ」

下部屋に入るなりそう言って平伏してきたところまでは、先に訊問を済ませた冴島允四郎と、ほぼ同じである。だが、そのあとは冴島とは違って、実に「主張」というものをしない男であった。

「なれば、冴島どのの袴のすそに手を置かれたのは確かだが、断じて『わざとそうした訳ではない』と、そうおっしゃるのでござるな？」

「はい」

「…………」

「…………」

南田が何か言うのをしばらく待ったが、「はい」のほかには答えない。牧原《こちら》に何か訊かれないかぎりは黙っているつもりのようで、実際のところ、この南田が何を考えているものか、どうにも読めなかった。

「詰所にて、冴島どのに『手を上げられた』と伺《うかご》うたが、怪我や痛みは、いかがでござる？」

「幾らか殴られましたゆえ、そこに痛みがない訳ではござりませぬが、大したものではございませんので」

「さようでござるか。なればまあ、まずはようござったが……」

「はい」

「…………」

「…………」

またも沈黙《だんまり》になってしまったこの状況を打開するため、牧原は、わざと両者の喧嘩を煽《あお》るような真似をしてみることにした。

「いやな、冴島どのが申されるには、貴殿のこたびの仕儀の裏には、少しく冴島どのに対しての嫉妬のごときものがあるのではないかと、こう、な……」

「…………」

南田はまたも黙ったままではあったが、「ふっ」と、わずかに口元がゆるんだようだった。

むろん好意的な笑みではない。かといって、侮辱《ぶじょく》とも取れる冴島の発言に腹を立てている風でもなくて、どちらかといえば、そんな冴島を馬鹿にして嘲笑《あざわら》うという感じであった。

「ん？　どうなさったな、南田どの。もし何ぞか、ご反論のごときがあれば、むろんお伺いいたしますぞ」

「別段、反論などはござりませぬ。ただ、まさか冴島どのが、さように申されるとは思うてもおりませんでしたので」

「え？　それはどういう……？」

「いえ別に、大した意味はござりませぬ」

「…………」

「…………」

どうやらもう、これ以上は言いたくないということらしい。

牧原は配下を呼んで南田に見張りをつけると、冴島と同様に、預かり先の親類縁者を探すべく、手配をつけるのだった。


南田が退室して後のことである。

牧原は徒目付の山倉欽之助と二人きり、目付方の下部屋に残っていた。

南田や冴島の見張りには、別の配下たちを手配して、山倉には一人残ってもらっている。それというのも山倉には、先ほどの訊問中も同席して、牧原《じぶん》とともに冴島や南田の受け答えの様子を見ておくよう命じてあったため、これから二人であれこれと話をするつもりなのだ。

「あれはもう、何ぞかあったに違いございませんね」

上役である牧原が何か言うより先に、軽い調子で口火を切ってきたのは、山倉欽之助である。

山倉はこうして少し軽はずみな風があるのだが、このあまり物怖《ものお》じしない性格が、牧原にとっては自分とは正反対で、かえってやり易く感じられるのだ。

今も牧原の返事も待たずに、続けて喋り出した。

「私これより、ちとあの二人に関しまして、まずは出自や家庭《いえ》のことなど詳《くわ》しゅう調べてまいりまする」

「うむ。なれば私がほうは、あの二人の扱った使番方の案件について調べてまいろう」

「はい。では、私はさっそく……」

と、口にした直後には、山倉欽之助は立ち上がっている。

そうしてまたも牧原がうなずきもせぬうちに、山倉は下部屋を出ていくのだった。

四

翌日、朝っぱらから牧原は、奥右筆方の事務室である『奥右筆部屋』の二階にいて、その二階座敷の奥にある書庫で、『使番方』関連の過去の文書に片っ端から目を通していた。

本当は、昨日の夕方あれからすぐに奥右筆方《こちら》の書庫に来させてもらい、夜遅くまでかかってもいいから早々に調べを進めたいと思ったのだが、牧原《じぶん》はもう目付方の人間で、奥右筆組頭ではない。いくらまだ、奥右筆方に顔が利くとはいっても、まさかこの者らのいない時間に、勝手に書庫に立ち入る訳にはいかなかった。

奥右筆方では、毎朝、早い者たちは明け六ツ刻（夜明け時・午前六時頃）の江戸城《しろ》の開門と同時に出勤してくるから、今朝は牧原もそれに合わせて、こちらへとやってきたのである。

自分たちの出勤と同時に顔を出してきた元「御頭《おかしら》」に驚いている者たちに、牧原は今回の案件の中身も話したうえで、書庫で調べものをさせてもらえるよう頼み込んだのである。

奥右筆方には、いまだ牧原を慕って「なれば、お手伝いをいたします」と、調べの手伝いを申し出てくれる者も少なくはなかったが、二十数名しかいない奥右筆たちが日々忙しいのは経験上判っているから、絶対に甘える訳にはいかない。

かといって奥右筆部屋の二階は広くはないから、目付方の配下を連れ込んできては邪魔になってしまうため、牧原は一人静かに使番関連の書類を読み進めていた。

昨日、柿田から聞いた話によれば、冴島と南田が使番方に入ってきたのは、八年前だそうである。

つまりは二人が八年間のうちに関わった案件の文書すべてに目を通して、そのなかから二人の間に確執が生まれそうな事案を見つけ出したいと思っているのだが、使番は基本、一人一人が単独で仕事をこなすことが多く、二人以上が同時に何かに関わるということは、ほとんどない。

それでも、たとえば「過去に冴島の担当した案件のなかに、少しでも南田が関わりを持った部分があれば……」と、牧原は一つ一つをていねいに読み進めていた。

すると、明け六ツから三十通ときかずに読み終えて、そろそろ八ツ刻（午後二時半頃）になろうかという時分のこと、ようやく「これは、もしかしたら……！」と思える案件の文書が見つかった。

案件は最初、南田が一人で担当していた案件に、途中から冴島も加わった形になった代物で、南田が着手したのは今から半年ほど前である。

奥右筆方では、どんな些細な文書でも、どれほど過去の文書であっても、関係者以外が城外へ持ち出すことは固く禁じられており、基本、書き写しも認められてはいないため、書かれている文言を記憶して帰るほかに手立てがない。

牧原は、今朝方こちらの事情について話しておいた者たちの一人に、「この使番方から提出された報告書を参考にさせてもらう」旨、話を通すと、自分の頭のなかから覚えた内容が消えないうちにと、急ぎ奥右筆部屋を後にするのだった。

五

牧原が、再度、徒目付の山倉欽之助と待ち合わせて、目付方の下部屋に集まったのは翌日のことである。

山倉は数人の小人目付ら配下と手を分けて、冴島允四郎と南田八十助の暮らしぶりや働きぶり等、昨日の一日であれこれ調べ上げてきたようで、今日はその報告を持って、この場に臨んでいた。

「まずは『冴島允四郎』にてございますが、冴島家は家禄千二百石の譜代古参の家柄で、十年前、先代の長子であった允四郎が、家督を継いだそうにてござりまする」

「十年前ということは、允四郎は、二十五か……」

「はい。その時分には、『書院番』の番士《ばんし》を勤めていたようでございます。何でも二十三の歳に、いまだ家督を継いではおらぬ『部屋住み』のまま、書院番方に番入りをいたしましたようで」

「さようであったか……」

山倉の報告に、牧原はうなずいた。

まだ部屋住みの身であるうちに『書院番士』になれたというのだから、それはおそらく家禄千二百石という家柄や、当時まだ当主であった允四郎の父親の「七光《ななひかり》」のようなものであったかもしれない。

「して、欽之助。冴島家の先代は、現役の当主の頃に、何ぞか勤めていたようか？」

牧原が訊いているのは、冴島允四郎の父親が何か「幕府の要職」に就いていたかということである。

「ご先代は『冴島但馬守《たじまのかみ》さま』とおっしゃいまして、家督を譲《ゆず》られる直前まで『作事奉行』をお勤めであられたそうにてございました」

「なるほどな……」

　幕府内の大きな普請工事を請け負っている『作事奉行』は、老中方直属のお役で、役高も二千石の高官である。やはり、そうして父親が要職に就いていたゆえ、嫡男の允四郎も容易に書院番士になれたのではないかと思われた。

「もとより家格が千二百石高なうえに、先代が作事奉行まで勤めたということであれば、允四郎当人にしてみれば、今の『役高千石の使番』では何かと肩身が狭かろう。さらに上の出世を目指して、『ご老中への廻りの際のご挨拶』に力が入るのも、まあ判るというものだな」

「はい。実は隠居の父親もいまだ矍鑠《かくしゃく》として、家では当主の倅《せがれ》よりも権限があるそうにてございますゆえ、允四郎もよけいに出世を望んでいるものかと……」

　そう言って山倉は、どうやら冴島の話ばかりに気がいっているらしく、その先をなかなか報告してこない。そんな山倉欽之助に、牧原は話を変えて、こう訊いた。

「して、『南田八十助』がほうは、いかがであった？」

「はい。南田のほうなれば、家は家禄が六百石でございまして、嫡男の八十助が先代の父の急死で家督を継ぐことになりましたのは、まだ八十助が十七の頃だったそうにてございました」

「ほう。父の急死で家を継いだか……」

「はい。先代の『八右衛門《はちえもん》』と申す者は、当時『大番組頭』を勤めていたそうなのでございますが、ある日、勤めの最中《さなか》に『卒中』になり、城内の『御番医師《おばんいし》』たちに診《み》てもらったものの、結局は助からず、組下の配下たちに泣いて見送られながら、亡くなったそうにてございまして……」

大番組頭の役高は六百石で、南田家の家禄と変わらないため、世間的には「出世していた」とはお世辞にも言えなかったが、「南田八右衛門」という男は実に好人物であったため、上司にも同輩にも配下にも広く信頼されていたという。

「そんな事情もありまして、八右衛門が急死のあと、上役である大番頭や同輩の組頭たちが南田の家を心配し、嫡男の八十助が大番方に番入りできるよう奔走してくれましたそうで、当時十七ながらも八十助は、大番方に入ることができたそうにてございました」

「いや、そうであったか……」

「はい。八十助をよく知る大番組の者らの話では、倅の八十助も父に似て、気の優しい、器の大きな『人物』だそうにございまして、若干二十四の歳には亡き父親と同様に大番組頭を相勤めるようになり、八年前の二十七で、見事、役高千石の『使番』にまでお取り立てになったそうにてござりまする」

「さようか……」

と、牧原は沈思し始めた。

正直なところ牧原の脳裏には、訊問の際の、あの極度に不愛想な南田の顔しか浮かばないため、今の話を聞いても、いっこうピンとはこないのである。

だが、今の話の「皆に好かれる南田」のほうが本来の姿であるならば、そんな南田八十助が、あのように嫌悪する「冴島允四郎」という男は、どういった人物であるのだろう。

牧原が昨日、半日以上かけて見つけ出してきた南田と冴島とが関わった使番方の文書報告書には、そんな二人の人柄や内紛をにおわせる記述はなかったのである。

「いやな、実は昨日、明け六ツから奥右筆方に押しかけて、片っ端から使番方の昔の書類をあたってみたのだ」

牧原が見つけた文書は、今から半年ほど前に南田八十助が担当した『白河藩《しらかわ》』家中の武士と、『南部藩《なんぶ》』の中間たちとの間に起こった、ごく些細な揉め事を調査して、その内容について幕府に報告したものだった。

白河藩も南部藩も、ともに陸奥国《むつ》にある石高十万石以上の雄藩である。

陸奥と江戸とを行き来するには、どちらの藩も途中『奥州街道《おうしゅうかいどう》』を通るのだが、その街道筋にある『蘆野宿《あしのじゅく》』という宿場町で、事件《こと》は起こった。

蘆野宿には俗に「本陣《ほんじん》」と呼ばれる、大名ら高位の武家たちが宿泊する、幕府公認の一級の宿がある。参勤交代で通りかかる大名家が宿泊所とするほどだから、大人数でも泊まることのできる大きな宿屋で、町なかの大通りの角地に面して建てられているため、広い敷地をぐるりと囲った板塀が長々と続いていた。

その長い板塀の前の一ヶ所に、大きな石が二つほど置かれていたらしい。

本陣の正面にあたる大通り沿いのほうではなくて、角を曲がって裏手となった勝手口の木戸の近くにあったそうで、実際、宿の者たちは、外から帰ってきて木戸を開ける際の荷物置きにも使っていたようなのだが、今から半年ほど前のある日、白河藩の藩士で「泉崎擁一郎《せんざきよういちろう》」という二十九歳の男が、その石の前を通りかかって、しばし足を休めようと石の一つに腰かけたという。

江戸から来ると、奥州街道に入って二十五番目の宿場町にあたる蘆野宿は、「あと少しで、ようやく白河藩の藩領に行き着ける」という、江戸から国許《くにもと》に帰る白河藩の者らからすれば、ホッと一息つけるような町である。

その「泉崎擁一郎」も江戸から国許に帰るところで、あと一踏ん張り、がんばって白河まで休まず歩き抜いてしまえばよかったものを、長旅に疲れた足を、その石に腰かけて休ませてしまったのだ。

「その泉崎を見咎《みとが》めて、『殿がお泊まりの本陣に、尻を向けて座るな』と、文句を言ってきたのが、南部藩の中間《ちゅうげん》たちだったらしい」

「いや、それは……」

と、山倉は目を丸くした。

「では牧原さま、その『泉崎』とか申す白河藩の者は、『南部公《なんぶこう》』を相手に、知らずに尻を向けてしまったということでございますか？」

「いや、そうではない。当時、本陣に泊まっていたのは、南部藩の家老だったそうでな。長く江戸常駐《じょうちゅう》の家老を勤めていた者が、老齢を機に、国許の家老に戻るのを許されて、盛岡に戻る途中であったらしい」

「『家老』でございますか。なれば、別段……」

と、他人事《ひとごと》ながらホッとした表情になった山倉に、牧原は首を横に振って見せた。

「ところが一件《こと》は存外に、軽く済まされる訳ではなかったようでな。泊まっているのが『家老』と知った泉崎が、それでもなお『退《ど》けろ』と迫る中間たちの物の言いように腹を立てて、わざとそのまま座り続けたものだから、中間たちが寄って集《たか》って泉崎を押さえつけて、縄をかけたというのだ」

「えっ？　中間が武士《さむらい》に縄をかけたのでございますか！」

「さよう。けだし、外の騒ぎに気づいて出てきた本陣の亭主が、大慌てで中間たちを押しとめて、どう見ても『どこかの藩の藩士』と見える泉崎の縄を解き、中間たちの代わりに土下座《どげざ》で謝ったそうなのだが……」

泉崎にしてみれば、「かような中間ごときに、れっきとした白河藩士の拙者が『縄《なわ》目《め》の恥』を受けるとは……！」と怒り心頭であるし、本陣の亭主に代理で土下座されてしまったことで、自分たちの正当性が傷つけられた中間たちも、「我が殿に、平気で尻を向けたのは確かなことだ！」と主張して引かない。

結局、この一件は白河・南部両藩の公《おおやけ》に知るところとなり、今は双方の間で正式に「一件の決着をどうつけるのがよいものか」、話し合いを続けている最中だということだった。

つまりはその「蘆野宿での一件」を調査して、上様へのご報告書の形にまとめ、御用部屋の上つ方に提出したのが、南田と冴島、二名の使番だったのである。

「ですが牧原さま、もとより何ゆえこんな街道筋での一件が、幕府使番の知るところとなったのでございましょうか？」

山倉がそう訊いてくるのも、もっともなことではあった。

たしかに幕府は諸大名家に何事か有事があれば、直ちに使番に命じて真相を探らせて、その報告を上様に申し上げたうえで、幕府が介入すべき事案であれば、大目付を通して正式に「然《しか》るべく」対処する。

だが、この蘆野宿での一件は、江戸からは遠く離れた奥州街道で起こったもので、おまけに、ごく小さな事件なのである。二つの藩が関わっているとはいえ、刃傷《にんじょう》沙汰にもならなかったこんな些細な一件が、どうして江戸の幕府にまで知られることとなったのか、たしかに不思議であった。

「いやな、幕府に報せたのは他でもない『蘆野《あしの》さま』なのだ」

「蘆野さま？　では『交代寄合《こうたいよりあい》』の？」

「さよう……」

交代寄合というのは、幕府から大名家並みの待遇を受けている旗本の名家のことで、その多くは江戸幕府が開府する前からの土着の名士であり、領地の石高こそ一万石に満たないから「大名」とは呼べなかったが、全部で三十四家あった。

その一家が、江戸の神田明《かんだみよう》神下《じんした》に拝領屋敷を構えている「蘆野家」で、その蘆野家の領地内にあるのが蘆野宿だったのである。

「本陣の亭主からご領主の蘆野さまへと報告《しらせ》が入ったようでな。それゆえ蘆野さまが『とりあえず幕府に』と……」

そうしてさっそく使番方のなかから、まずは南田八十助が担当として選ばれて、現地の蘆野宿に視察に向かったらしい。

「実はこの一件の報告書は、二通あるのだ。最初に出された南田からの報告では、白河藩の泉崎は『縄をかけられそうにはなったが、抵抗して逃れたので、実際に身体に縄をかけられた訳ではない』と、そう書かれてあるのだが、それから一ヶ月《ひとつき》した後で、今度は冴島のほうから報告が上げられておってな……」

南田からの報告で「もう済んだはず」のこの些細な案件に、わざわざ再び「冴島」という別の使番までが派遣されることとなったのは、南部藩が冴島に、

「いま一度、南部藩の口《こちら》から、事件《こと》の一部始終をお伝えしたく存ずるゆえ、是非にも冴島どのに、我が藩の上屋敷へご足労をいただきたく……」

と、直《じか》に使いを出してきたからだった。

それというのも冴島は、以前に幾度か南部家に、幕令《ばくれい》を伝えに訪れたことがあったのだ。

南部家に限ったことではないのだが、諸大名家はみな「幕府に悪い印象を持たれな

いように……」と、細心の注意を払っている。蘆野宿の一件では、相手が徳川家の縁《えん》戚《せき》である白河藩十一万石の松平家であり、南部家としては「できるかぎりの申し開きをしておきたい」と考えたのだろうと思われた。

「そうして結句、冴島が南部藩から話を聞いて、再度、報告を上げてきたようだが、その二通目の報告書《もの》には一点だけ、南田の書いたものとは違うところがあったのだ」

「『違う』と申されますと？」

「泉崎が縄をかけられたのか否か、という部分《ところ》だ。南田からの報告では、『縄をかけられそうになったが、逃れた』とあったのだが、冴島の報告書《もの》には、『まさか白河藩のご家中とは思わずに、中間どもが泉崎どのを捕らえて、縄をかけてしまい……』と、はっきりと書かれておってな」

だが蘆野宿の一件は、いまだ白河・南部両藩が落着の方向を探り合っている最中らしく、昨日、奥右筆方の書庫をさらったかぎりでは、この一件に関する文書は他にはなかったため、どちらの報告書が「正しい」と判断されたかについては判らないのだ。

「どういうことでございましょうか？　そのくだんの報告の相違が、南田と冴島両者の確執《かくしつ》の原因《もと》と相成ったのでございましょうか？」

「うむ……。たしかに一度、自分のいたした報告を、あとから他者《ひと》に覆されたということゆえ、面白うはないであろうが……」

だが牧原はどうしても、そんな通俗的な私情が確執の原因になっているとは思えなかった。

あの訊問の際に南田は、「冴島が自分と南田とを比べて、優劣を語った」と聞いても、少しも悔しがっている風は見せてこなかったのである。それどころか、そんなことを自ら口にする冴島に呆れたような顔をして、いわば嘲笑していたのだ。

山倉が調べてきてくれた両者のこれまでの職の遍歴《へんれき》を比べても、南田が冴島に「出世競争」で後《おく》れを取っているとは思えない。

そんな両者の仕事の上での優劣を訊ねてみるなら、使番方の同僚たちから話を聞くしかないであろうと思われた。

「使番は単独で動くことが多いゆえ、さしたる付き合いはないやもしれぬが、やはりあの『柿田』ら四人にでも、ちと話を聞いてみるか」

「さようでございますね。もしやして、あの『廻り』の騒ぎの前後に、何ぞか見聞きしているやもしれませぬし……」

「ああ」

「なれば、さっそく訊問の手配をつけてまいりますゆえ」

使番は、その時々の担当する事案によって、遠く諸藩に出張しなければならない時などもあるから、あの日に菊之間に一緒にいた島村、柿田、大原、茂手木の四名を、すぐに呼び出せるとは限らない。

急ぎ手配に向かっていった山倉欽之助を見送ると、牧原は四名の使番をどう訊問するのが得策か、考え始めるのだった。

六

訊問の対象者として目付方の下部屋に呼び出すことができたのは、最古参の島村と、使番になって三年目の大原、まだ勤めて一年も経たない茂手木の三名だけだった。

その三名を、牧原はいっぺんに下部屋に呼び出したのである。

一人一人を別々に相対で訊問することも考えたが、そうして下手《へた》に秘密裏な風にしてしまうと、「よけいなことを口にして、あとで二人に恨まれるのは嫌だから……」と、かえって固く口を閉じてしまいかねない。

それならいっそ皆にいっせいに集まってもらえば、自然、柿田のように如才なく口を利き、皆の会話を盛り立ててくれる存在もあろうからと思ったのだが、残念ながら柿田はあの後、西国の大名家へ幕府の使者として出張ってしまっていて、戻ってくるのはいつになるものやら判らないそうだった。

今、三人に改めて年齢や名を訊いたところ、古参の「島村三太夫《さんだゆう》」が使番になって十八年の四十七歳、使番三年目の「大原二三次郎《ふみじろう》」が二十九歳で、新参でまだ十ヶ月《とつき》ほどしか勤めていない「茂手木孝四郎《こうしろう》」は二十六歳だそうだった。

「まこと、些細なことでも構わぬのだ。別段、勤めのうえのことでなくとも、何でも見たまま聞いたままを、思うままに言うてくれ」

「いや、ですが牧原さま、さようおっしゃられましても……」

最初に口を開いてきたのは、古参の島村三太夫である。

「すでにご存じやもしれませぬが、我らは基本、個々に御命《ごめい》（命令）をいただいて、単独で動きますゆえ、こうして同じ使番方におりましても、互いに何のお役目に就いているものやら、とんと判りませぬので」

「まあ、さようではござろうが、たとえば奥州の蘆野宿の一件なんぞで、ちらとでも気づいたことはござらぬか」

「蘆野宿、でございますか？」

島村は目を丸くしているし、他の二人もキョトンとした顔を見合わせているから、本当に他者が担当している案件のことは、互いに知らずにいるのであろう。

そんな三名の使番たちに、牧原は蘆野宿の本陣前での一件を、すべて話して聞かせたのであった。

「では、南田どのがすでに済まされたご報告を横手から差し替えた形で、冴島どのが異なるものを出されたと？」

鋭い口調で訊き返してきたのは、島村三太夫である。

同じ使番として、南田に感情移入しているのであろう。冴島よりも先輩格であるのも手伝ってか、島村は露骨に嫌な顔をして、隠さない。

「さよう……」

と、牧原もうなずいて見せたが、つとあえて本音をぶつけて、こう言った。

「したが、南田どののご様子を見るかぎりでは、さようなことは気になさっておられぬようなのだ」

「さようにございましょうか？」

島村は、納得できないようである。

すると、それまでずっと一等下座《しもざ》で黙って控えていた茂手木孝四郎が、

「ちと、よろしゅうございましょうか」

と、意を決したように言ってきた。

「気になるかならぬかで申しますならば、それはもう誰であっても、良い気持ちなどいたさぬものにてございましょうが、だからと言って、南田さまがさようなことで、冴島さまに意趣返しをなさるはずはございません。おそらくは、もそっと何か込み入ったご事情のごときがおありかと……」

やはり使番方《ここ》にも大番方にいた時分と同時に、南田を慕って信頼してくる者がいるようである。

だが牧原は、今はそれより茂手木の言った別の言葉が気になっていた。

「茂手木どの」

と、牧原は下座にいる茂手木孝四郎に、真っ直ぐに向き直った。

「ちと、ご貴殿の言葉の尻を捉《とら》えるようで相済まぬのでござるが、貴殿は、やはりあの『廻り』の席での一件は、南田どのがわざと袴を押さえられたとお思いか？」

「…………！」

しまった、と茂手木が内心で慌てたのが、はっきりと見て取れた。

「いかがでござろう？　やはりあの袴の仕儀は、南田どのが謀《はか》ってされたことでござろうか？」

「…………」

「茂手木どの！　何ゆえに黙っておられる？」

と、横手から鋭く叱責してきたのは、茂手木とは父子《おやこ》ほど年の離れた先輩の島村三太夫であった。

「あの日、南田どのの隣におられて、貴殿が何を見られたかは存ぜぬが、我ら使番が『見たもの』を『見なかったこと』にして真実を捻じ曲げ、それを幕府へのご報告としたならば、我らは一体何のための『上様の御使い』でござる？　我らは終始ものの一つも見間違えず、聞き間違えずに、真実をありのまま正確に上様にお伝えするのが『誇《ほこ》り』というものでござろうて」

「島村さま、まこと申し訳もござりませぬ！　私、心得違いをいたしておりました」

茂手木はその場で平伏すると、

「申し上げます」

と、顔は上げずに話し始めた。

「南田さまが、あの日、最初はどのようなご様子で、冴島さまの袴の上にお手を置かれていたものか、そのあたりは、いっこう見てはおりませぬ。私が横で気がつきましたのは、前列《まえ》に座された冴島さまが、ぐらりとつんのめりそうになられたからでございまして……」

ギョッとして、何が起こっているものか、茂手木は平伏の形を取ったまま、必死に見える限りを見渡したそうで、するとその目の横に、南田の手があったという。

「南田さまの両の手は、袴のすそをギュッと握っておりました……」

「いや、やはり、そうであったか……」

思わず牧原がそう口に出すと、

「牧原さま。実を申せば私も、少しく見聞きした事実《こと》がございまして……」

と、今度はもう一人の使番である、大原二三次郎が声をかけてきた。

「あの廻りの前日の昼頃のことにてございますのですが、実は城外《そと》から南田さまに、文が一通、届けられておりました」

「文が?」

「はい。私ちょうど南田さまと詰所にて世間話をしていたのでございますが、そこにつと、表坊主の一人が届けてまいったのでござりまする。私の聞き間違いも、必ずないとは申せませぬが、坊主が確か『せんざきさま、とおっしゃるお方より……』と、そう申しておりましたので、もしやして先ほどのお話の白河藩の御仁《ごじん》かとも……」

「いや、さようでござったか!」

ならそれは十中八九、白河藩士「泉崎擁一郎」からきた文であろう。

牧原は、心底からこの三名の使番に感謝して、こう言った。

「ご貴殿らのご協力、拙者『目付』として、有難く頂戴《ちょうだい》いたした。かくなるうえは、必ずや真実《まこと》のところを探り出し、ご貴殿ら『御使番役』のご信条にお応《こた》えいたしとうござる」

「はい。どうか、よろしゅう……」

古参の島村がそう言ったのに合わせて、大原も茂手木も同時に頭を下げてきた。

その三人に向けて牧原も、改めて深く礼をするのだった。

七

島村ら三人を見送って、目付部屋へと戻ってきた牧原を待っていたのは、奥右筆の一人で「日和佐鉄之助《ひわさてつのすけ》」という二十八歳の男であった。

日和佐も以前は、奥右筆組頭であった牧原の下にいて、「御頭《おかしら》、御頭」と、牧原を慕っていたうちの一人である。

その日和佐鉄之助が、

った。
「どうぞこれより今すぐに、奥右筆《うち》方の書庫にてお調べのほどを……」
と言うので、牧原はさっそく日和佐の後について、奥右筆部屋の二階へと入ってい
った。
「お見せいたしとうございましたのは、こちらの二通にござりまする」
日和佐が見せてきたのは、白河藩から幕府に向けての報告書が一通と、南部藩から
同じく出されてきた報告書が一通である。
「どちらも昨日、両藩より、御用部屋《おへや》へと届いたものでござりまする。今日やっとご
老中方より『処理済《しょうず》み』の書状として、書庫《こちら》へといただきました」
「かたじけない。なれば、さっそく……」
日和佐の有難い申し出に改めて頭を下げてから、牧原は、急ぎ二通の報告書に目を
通した。
「いや、これはまた……！」
「さようでございましょう？　私も、ちとびっくりいたしまして……」
白河藩からの報告は、くだんの蘆野宿の一件の決着についてであった。
「旅先での仕儀とはいえ、れっきとした白河藩家中の武士《さむらい》でありながら、刀も満足
に持たない中間ごときに捕獲され、よりにもよって『縄目の恥』を受けるとは言語道

断。よって藩士『泉崎擁一郎』には、こたび藩から正式に『切腹』を申し付けたものにてござりまする」

と、そうした内容の代物であった。

もう一通の南部藩からの報告も、ごく似た内容のものである。

「こたび蘆野宿の本陣において、我が藩の抱え中間の者らが、あろうことか、白河藩のご家中に、『本陣前を汚した不埒者《ふらちもの》』として縄をばおかけしてしまいましたので、そのご無礼の責を負わせて、実際に手出しいたした中間三名を『斬首《ざんしゅ》』に、また中間どもの取締役であった我が南部藩の家中の者一名を『切腹』といたしました。白河藩とも相談の上の裁決であり、すでに和解いたしてござりまする」

と、こちらはなんと四人もの人間が、命を落としていたのである。

「…………」

あまりに予想外の結末で、牧原はしばし言葉を失っていたが、その元の「御頭」に、日和佐は陰鬱な顔をしながらも、こう言ったものである。

「『縄目を受けたか否かなどと、黙っておれば、藩にも幕府《こちら》にも知られずにいたものを……』と、こちらの二通をお受け取りになられた月番の右京大夫さまも、さように おっしゃられて、舌打ちをなさっておいでてございました」

「さようであられような……」

親切に報せてくれた日和佐に改めて礼を言い、牧原は失意のもと、早々に奥右筆方の書庫を出た。

すぐに山倉欽之助を呼んだのは、この腹立たしい決着を「欽之助」に話して聞かせるためと、すでに親戚の旗本家に預かりの身となっている南田八十助との会談の手配を、急ぎつけてもらうためである。

その山倉の尽力の甲斐あって、早くもその日、牧原は、南田の預け先を訪ねていったのであった。

八

使番の役高は千石であるが、家禄にすると六百石の南田が預けられていた先は、家禄二百五十俵の母方の親戚の武家であった。

甥《おい》にあたる南田の身を心配し、精一杯に面倒を見てくれようとしている伯父《おじ》一家の親切に報いるため、預かりの身ながら南田も、掃除をしたり、薪を割ったりと、懸命に手伝っていたらしい。

一方で牧原は、訪問先の邪魔にならぬよう山倉一人を供にして、その親戚を訪ねていったのだが、南田は玄関横の庭先で諸肌《もろはだ》ぬぎになっての薪割りの最中で、江戸城《しろ》からいきなり目付の牧原が押しかけてきたことを怪訝に思ったか、遠くからただ黙って頭を下げてきただけだった。

家人の案内で客間に通されると、だが南田は「城から来た役人」である牧原を待たせまいとしたらしく、早くも身なりを整えたうえできちんと下座にて控えていたが、その行動とは裏腹に、顔つきは依然、不遜《ふそん》といえるほどに不愛想なままである。

そんな南田八十助と真っ直ぐに目を合わせて、牧原は開口一番にこう言った。

「白河《しらかわ》藩の泉崎どのや、南部《なんぶ》藩の中間たちの身の上を思えば、下らぬ社交辞令など口にしてはおられぬゆえ、単刀直入に言わせてもらうが、ついさっき私も城内《しろ》で、白河・南部両藩より幕府に出されたご報告を読ませていただき申した」

「さようでございますか」

牧原のいかにも含みのありそうな物の言い方にも、南田は何の感情の揺るぎも見せないから、たぶんもう、両藩が泉崎たちに下した沙汰を聞き知っているのであろう。

処分に腹を立てているのか、眉をしかめたまま目を伏せている南田八十助に、牧原は推測をぶつけてみた。

「『泉崎』と申すどなたかから文《ふみ》が届いたそうにござるが、やはり泉崎どのご当人より、藩からの沙汰を報せての文であったのでござろう？」

「…………！」

と、一瞬、南田は目を牧原《こちら》へと動かしかけたが、すぐに元に戻してしまった。

「ご当人ではございません。あの文は、泉崎どののお父上よりいただいたものにてござりまする」

八つ当たりでもするように、南田はつっけんどんに言い放ってくる。

だがそんな八つ当たりも、今の牧原には同情できて、届いた文が泉崎の父親であったことに、たまらない気持ちになっていた。

「なれば、その文が届いた時には、もう……？」

「はい」

南田は返事をすると、つと自分の懐《ふところ》を探って、その文らしきものを出してきた。

「これが文にてござりまする。よろしければ、お目通しのほどを……」

「拝見いたす」

息子を失くした父親から送られてきた文である。牧原は、差し出された文を両手で押しいただくようにして受け取ると、文を包んでいる半紙を開き始めた。

南田は、ずっと懐《ふところ》に抱えていたのであろう。文は少しく温《ぬる》まっていて、しっとりと丸みを帯びている。その折り文をそっと広げて、牧原は中身を読んだ。

文はもちろん、息子の擁一郎が藩からの沙汰を受けて、切腹したことを伝えるものだった。

だが文の書き手である擁一郎の父親は、どうした訳か、幕府の使番である南田八十助に、心底から好意を抱いているようである。それはこの一件を調べに江戸から来た南田が、当時擁一郎の進退を心配して、

「縄をかけられそうにはなったが、抵抗して戦ったゆえ、結局のところ縄なんぞ一切かけられなかった」

と、そういうことにしたほうがよいと、親切に助言してくれたからで、そのことを擁一郎の父親は今も忘れず、有難く思っているようだった。

「なれば南田どの、当初、貴殿の書かれた報告書にあった『縄はかけられずに済んだ』というのは、嘘であったということか？」

「はい」

牧原に問われても、南田はひるまなかった。

「『嘘』と申せば、たしかに『嘘』にはなりましょうが、こと我ら幕府にとりまして

は、泉崎どのが縄を受けようが受けまいが、どうでもよいことにてございましょう？　それならば、人の命が一つ救われますほうを、私は選びとうございました」

まずは泉崎擁一郎に助言してやった後、今度は相手方の中間たちを集めて、説得にかかったという。

「徳川家の縁戚にあたる白河藩・松平家の藩士に縄をかけてしまったとなれば、これは必ず『切腹』だ『斬首』だと、そなたらも命に関わることに相成ろう。『捕らえて縄をかけようとしたが、相手の抵抗に合い、結句《けっく》かけられずに終わった』と、そうしたことにしておくほうが無難だぞと、私が説得をいたしました」

「ほう……。して、それで、あちらも納得いたしたと？」

「はい。中間たちをまとめて取締をしておりました南部藩の藩士にも、同様に話をいたしまして、私のほうも『幕府へは、さよう報告しておくゆえ、安心するように』と皆に申しておきました」

だがその後、相手が徳川家縁戚の白河藩であることを極度に心配した南部藩が、かねてより知己の冴島に頼んだことで、再び調べ直しとなってしまった。

「泉崎どのや中間たちの命がかかっておりますゆえ、私も冴島どのに仔細を伝え、上手く話を合わせてもらえるよう頼んでいたのでございますが……」

だが、南部藩からの正式な調査《しらべ》に恐れを成した中間たちが、『実は縄をかけてしまった』と藩に話してしまったことで、すべてが露呈してしまった。

「それでもたぶん両藩への話の持っていきようで、命ぐらいは助かる道があったのではないかと、今でも悔やまれるのでございますが、調べの筋はすでに私の手から離れて、冴島どののご裁量《さいりょう》となってしまっておりましたもので、もうどうにも覆《くつがえ》すこともできませず……」

結局は型通りに、「白河藩の藩士が、南部藩の中間たちに縄をかけられた」という報告書が、幕府に上げられてしまったという訳だった。

擁一郎の父親である泉崎家の隠居が書いたというこの文には、普通であれば幕府の役人として型通りに動くだけであろう「御使番の南田さま」が、有難くも倅《せがれ》の擁一郎を救おうと本気で尽力してくれたことを感謝する一方で、藩には結局、半ば見捨てられた形で、擁一郎が切腹となってしまったことを、親の本音として嘆いていた。

「この文、冴島どのには、もうお見せになられたか？」

「はい。ですが、見せねばよかったと、後悔いたしておりまする」

「え……？　いやまさか、さようなほどにござるか？」

「はい」

この文を冴島に見せたのは、南田が文をもらったその翌朝、くだんの「九ツの廻り」の一件の、当日だそうである。

「して、冴島どのは、何と……？」

「『あの一件の沙汰なれば、すでに拙者も、南部藩よりの書状にて承知してござる』とそう言われて、文をこちらへ戻してこられました。それだけでございまする」

「では、他には何も……？」

「はい」

「…………」

その時の南田の心持ちを慮《おもんぱか》って、牧原はかける言葉に迷っていた。

だがやはり、こたびの一件を担当した目付としては、どうしても訊かねばならないことがある。南田を慕う後輩の茂手木が、使番の信条に照らして、悩みながらも使番らしく「見たままの真実」を証言してくれたことを、目付としては有難く大切にして、それを調べに生かしていかねばならないのだ。

「南田どの。貴殿、それゆえ冴島どのの袴を押さえられたか？」

「………！」

いきなり核心を突かれて、南田は小さく息を呑んだようだった。

「冴島どのが前に出ようとして動けず尻が浮いてしまったというに、それでもなお、その冴島どのの袴からお手をゆるめずにおられたのであるから、そこはやはり『故意であった』と断じても、よろしゅうござるな？」

「……はい」

と、南田は返事をすると、少しく目を伏せて話し始めた。

「最初に手を置いたのは、誓って『わざと』ではございません。前列《まえ》におられた冴島どのの袴の裾が広がっておりまして、手をつく場所が他になかっただけにてござりまする。けだし、そのあと冴島どのが明らかに、『目立ってご挨拶をせん』として、前に膝行《いざ》り出ようとなされているのに気がつきまして……」

ついさっきあの泉崎家よりの文を見せたばかりだというのに、それでもなお冴島どのはご自身の立身出世に気を取られているということかと、南田は愕然としたという。

この御仁には、人間《ひと》の情《なさけ》というものがないのであろうか。泉崎どのらを救おうと、こちらが必死に段取りをしたものを後から手出しして、台無しにし、そのせいで五人もの人物がむだに命を失うことになったというのに、よくもこうしてしゃあしゃあと自分の立身出世なんぞを考えていられるものだと思ったら、カーッと腹が立ってきた。

「『良きようにご挨拶などさせてたまるか』と、瞬時にそう思いまして、袴をばグッとつかんだ次第にござりまする。ですが、幸か不幸か冴島どのは、さして目立って挨拶をし損ねた訳でもございませんので……」

「………」

と、牧原は、今の南田の言葉のなかに聞き捨てにはできない部分を見つけて、顔を歪めていた。

「なれば南田どの、貴殿はやはりはっきりと『冴島どのに大恥をかかせてやりたい』とそう思うて、袴を握られたということか？　そも冴島どのの後列《うしろ》に席を取ったのも、端《はな》から謀《はか》っての仕儀にてござったか？」

「端から謀って『座した』訳ではござりませぬ。あれは、たまたま私が詰所を出るのが遅れましたゆえ、最後に並ぶ形になっただけにてございまして……」

「では『袴』がほうはいかがだ？　やはり『大恥をかかそう』と、はっきり狙《ねろ》うての行動《なさりごと》か？」

「……自分でも、よう判らぬのでござりまする」

「判らぬ？」

「はい……」

今までの不遜な態度とは打って変わって、南田は沈鬱《ちんうつ》に目を伏せている。

そうしていかにも、自分でも解答《こたえ》に迷っている表情《かお》で、ぼそぼそと話し始めた。

「『大恥をかかせずに済んで、良かった』と思うたり、『あれでは、泉崎どのらの仇を討ったことにはならぬぞ』と後悔したりと、我ながらどうにも気持ちに決着がつきませんので……。けだし私が『故意』に袴を押さえましたのは、事実にてございまする」

「うむ……。ではさよう、心得させていただこう」

「はい。先日は『嘘《いつわり》』をば申しまして、まことにもって申し訳もございませぬ」

南田は改めて平伏してくると、その先をこう続けてきた。

「こたび私が冴島どのに手を上げられた次第につきましては、つまりはすべてこの私の不徳のいたすところにござりまする。江戸城《しろ》の大事なお襖を傷つけてしまいましたことも、すべて私の責にてございますので……」

「承知いたした」

平伏から顔を上げない南田を残して、牧原はほどなくその預かりの屋敷を辞した。

今、ああして南田と話をしていて、牧原には、つと気づいたことがあった。

とはいえ南田当人のことではない。他でもない相手側の冴島の「本音」ともいうべきもののことだった。

以前、揉め事の直後にした訊問で、冴島は自分と南田とを比較して、自分のほうが出世株であるかのように話していたが、本当は自然に周囲から好かれて、何かと人望もある南田に、自分のほうが負け続けていることを自覚しているに違いないのだ。

だがそんな屈託が冴島のなかに在ることに、南田のほうは、たぶん一生気づけずにいるのであろう。はたして、それを南田に伝えるべきなのか否か……。

九ツの廻りから端を発したこの案件の決着を、目付としてどこに定めればよいものか、牧原は一人、考え続けるのだった。

九

親戚の武家に「預け」の身となっていた冴島を呼び出して、目付方の下部屋に再度の会談に来させたのは、十日後のことである。

山倉が預けの先まで出向いていき、一応、見張りも兼ねながら連れ出してきたのだが、この幾日かの間に、冴島は何やら痩せて、生気を失ったような顔つきになっている。城内で他者《ひと》に危害を加えたことで「科人《とがにん》」の扱いになり、出仕も止められ、他家に預けにまでなってしまったことが、将来《さき》の出世を目指していた冴島を、絶望の深みに落としているのではないかと思われた。

「こたびはまこと、かようなお騒がせをいたしまして申し訳もござりませぬ」

開口一番の挨拶の文言《もんごん》は最初に会ったあの時とほぼ同じだが、声の張りや大きさは半分というところで、まるで別人のごとくである。

預け先の親戚の屋敷で、少しでも役に立とうと薪割りをしていた南田とは、やはり正反対といえた。

「お痩せになったな、冴島どの。お身体は大丈夫でござるか？」

「はい。お有難う存じまする」

冴島は、またも深々と頭を下げてきたが、それきりで何も言わない。

そんな冴島の様子が少しく気の毒にもなってきて、冴島がこれ以上、自分の進退についてハラハラせずとも済むようにと、牧原はさっそく本題に入った。

「こたびの一件でござるが、昨日、御用部屋から正式にお下知をいただき、冴島どの・南田どの双方ともに『構いなし』と相成られた」

「…………！」

一瞬、息を呑んだ冴島が、見る間に「ふっ……」と、ゆるんでいくのが見て取れた。

「いや、ようござったな」

「はい……」

返事をしてきた冴島の声は、すでに湿っているようである。

その冴島に、牧原は下知の続きをし始めた。

「して、くだんの襖だが、これだけは『構いなし』という訳にはいかぬ。修繕に幾らかかるか判らぬが、追ってその費用《かかり》を改めて報せるゆえ、南田どのと二人で折半《せっぱん》するよう、お心得くだされ」

「いえ、牧原さま！」

冴島がしっかり声を出してきたのは、今日はこれが初めてである。

「先日も申し上げましたが、その襖の費用なれば、すべてこの私が……」

「したが、冴島どの。あの時、袴の上に手を置いたは『故意』であったと、南田どのもそう言われたぞ」

「さようなことは、改めて言われずとも判っております。それでもやはり、南田どのに手を上げたのは、たしかなことにてございますゆえ……！」

冴島は重ねて言うと、まるで縋《すが》ってでもくるように、牧原のほうへとにじり寄ってきた。

「どうか、牧原さま！　どうか襖の費用のことは、是非にもすべて私に……！」

「いかがいたしたのだ、冴島どの。貴殿、一体、何を混同しておられる？」

「………！」

とたん水をかけられたように静かになった冴島に、牧原は斬り込んでいった。

「よもやとは思うが、まさか貴殿、襖の代を負うことで、蘆野宿での一件の負い目を軽うしようとなさっているのではあるまいな？」

「………」

目を伏せてこちらを見ない冴島は、小さく唇を噛んでいるようである。

牧原は自分の後方に座して控えている山倉欽之助を振り返ると、かねてより打ち合わせておいた決め事を行うよう、目で合図した。

「はっ」

立ち上がった山倉が向かった先は、下部屋と廊下とを分けている襖の前である。山倉がその襖を引き開けると、そこに座していたのは南田八十助であった。

今日こうして牧原が、冴島の預け先を訪ねずに、わざと城内《しろ》へと呼びつけたのは、冴島と南田を会わせるためだったのである。冴島の「素顔」ともいうべき、心の揺れや屈託を、まずは南田に知ってもらうところから始めたという訳だった。

「………！」

あまりのことに驚いて、絶句しているのは冴島允四郎である。

「お待たせいたした、南田どの。どうぞ、お入りくだされ」

「はい……」

牧原に言われて南田は部屋のなかへと入ってきたが、いささか極《き》まりが悪そうに、冴島に向かってていねいに会釈した。

冴島もどうにか会釈は返しているが、これまでの話を襖の外で聞かれていたのには気づいているから、どんな顔をすればいいのか判らないらしい。

そんな二人を前にして、牧原は、まずは深々と頭を下げた。

「騙《だま》し討ちのような真似をいたし、まことにもって申し訳ござらぬ。されど、こたびの一件ばかりは、上つ方より『構いなし』をいただいたとて、何が解決する訳でもなかろうと思うてな」

「…………」

「…………」

まだ何も言えそうにない二人を見て取って、牧原は一人、話し始めた。

「こうして無理に会《お》うていただいたのは他でもない、お二人の思うところの『御役目の信条』についてを、語り合《お》うていただきたくござってな」

「『御役目の信条』と申されますと、『使番の……』でございますか？」

訊いてきたのは、南田八十助のほうである。冴島とは違って南田は、不意を突かれた訳ではないため、落ち着いているようだった。

「さよう。実は先日、島村どのと大原どの、茂手木どののお三方とも話をさせてもらったのでござるが、その際に島村どのより『使番の信条』についてを、とくと聞かせていただきましてな……」

我ら使番は終始ものの一つも見間違えず、聞き間違えずに、真実をありのまま正確に、上様にお伝えするのが誇りだと言った島村の言葉を、牧原は二人に話して聞かせたのだった。

「したが、その『真実』と申すのが、なかなかに厄介でござろう？　たとえばくだんの蘆野宿の一件についても、どこまでを『これが真実』として切り取って報告いたすかは、個々の信条によるゆえな」

「いや牧原さま、お言葉を返すようではございますが、それはちと違いましょう」

反論してきたのは、なんと冴島のほうである。冴島は、さらに続けてこう言った。

「好きに『切り取って』しまった時点で、すでに真実ではございますまい。島村さまのおっしゃるよう、何でもありのままに逐一漏らさずご報告をいたしますのが、使番の御役目というもので……」

「なれば貴殿はその信条で、『泉崎どのが縄目を受けたこと』までを公になされたということでござるか？」

「…………！」

牧原に言われて、冴島は黙り込んだ。

「どうだな、冴島どの。貴殿そうして反論をなされないということは、『縄目を受けた』という真実を公にしたことに、やはり迷いや後悔がおありなのではござらぬか」

「…………」

くっと冴島はうつむいて、もう牧原《こちら》に目を上げられなくなっている。

一方の「南田はどうか？」と振り返って見れば、すでに話を自分のこととして聞いているらしく、こちらも沈鬱な顔をして目を伏せていた。

「南田どの？」

牧原が声をかけると、南田は力なく笑って自虐的にこう言った。

「『切り取るか、切り取らぬか』などという甘いものではございません。私がほうは、すでに正真正銘、真実ではございませんので……」

「うむ。さようでござるな」

「はい……」

現に南田は真実を捻《ね》じ曲げて、「泉崎は縄目を受けてはいない」と報告をしているのである。島村が定義《ていぎ》した「使番の信条」から言えば、嘘をつくなど、もってのほかであった。

見れば、二人はそれぞれにうつむいて、もう言葉もないようである。そんな南田と冴島に、牧原は話しかけた。

「真実をすべて公にすれば、泉崎どのらが切腹となり、その命を助けようと思えば、幕府に嘘をつかねばならない。公儀《こうぎ》の使番として、また一人の人間《ひと》として、結句どちらを選んでも、後悔も迷いも残るということでござろうが……」

言い淀んで牧原は、一つ大きくため息をついた。

「いや実はこうしたことは、まんざら他人事でもないのでござるよ。貴殿らもご存じの通り、我ら目付も使番と同様、おのおのが単独での仕事ゆえ、何を捨て、何を拾えば、正義と真実が貫《つらぬ》けるものか、日々悩んで恐々といたしておってな……」

牧原は二人をなだめて話しているが、これは本当のことだった。

「したが、我らの『ご筆頭』のおっしゃるには、そうして皆がそれぞれに『ああだ、こうだ』と、正解を探して日々真摯《しんし》に悩んでおりさえすれば、修正が利くゆえ、さしたる間違いは起こさずに済むというのだ。何より一等怖ろしいのは、『自分が必ず正義だ』と思い込み、迷いも悩みもせぬことだそうでな」

「……はい」

と、返事をしてきたのは、南田八十助である。

「まこと、さようにございますね。たとえ間違うても、悩んで懸命に修正をいたせば、次には必ず……」

まるで自分に言い聞かせるようにそう言うと、南田は冴島のほうに向き直った。

「お袴のこと、まことにもって申し訳もござらぬ。何とまあ浅はかなことをしたものかと、あれよりずっと己《おのれ》が恥しゅうござった」

「いや、拙者こそ、先般の蘆野の宿では、なぜもう少し親身になってやれなんだものかと、そう……」

互いにそう言い合って、南田と冴島は、反省に目を伏せている。

どうやらこたびの案件に、ようやく少し『解決』がついたようである。

ギクシャクとして、まだ上手くは喋れないでいる二人の様子に、牧原は小さく微笑《ほほえ》むのだった。

　泉崎擁一郎の父親から、またも江戸城の南田に向けて長い文がきたのは、それから幾日も経たない頃のことである。

　白河藩では、不慮の災難に見舞われたような泉崎擁一郎を哀れに感じたか、泉崎家の取り潰しをやめにして、亡き擁一郎の嫡男で、いまだ七歳の男児に、泉崎家の家督を継ぐことを許可したそうだった。

　その少しホッとする文を、今度は素直に冴島も南田の目の前で喜べたようであった。

第二話　笙太郎《しょうたろう》の縁談

一

跡継《あとつ》ぎの実子のいないまま、八年前、愛妻「与野《よの》」に先立たれた妹尾十左衛門久継《せのおじゅうざえもんひさつぐ》のもとに、甥《おい》の笙太郎《しょうたろう》が養子にきたのは昨年のことである。

十左衛門には二歳下に「咲江《さきえ》」という妹がおり、十六歳で他家へと嫁《か》したその妹には四男一女も子供がいるため、昨年、当時十五歳だった三男の笙太郎を、妹尾家の跡継ぎにするべく養子にもらったのだ。

この笙太郎は五人兄姉弟の下から二番目にあたり、兄・兄・姉と続く上の三人からは六つほども歳が離れているためか、十六歳になったいまだに子供っぽさの抜けないところがある。昔から素直で明るいのはいいのだが、何かと口数の多いお調子者で、武家の男子としては、少々落ち着きに欠けているのは確かであった。

その笙太郎に、なんとこのたび縁談が持ち込まれたのである。

むろんまだ「縁組《えんぐみ》する」と決まった訳ではないのだが、正直、降って湧いたような
この笙太郎の縁談話を処しかねて、十左衛門は、亡き妻・与野の弟で徒目付組頭であ
る橘《たちばな》斗三郎《とさぶろう》に相談すべく、駿河台《するがだい》にある妹尾家の自邸に来てもらっていた。

「して、義兄上《あにうえ》、そのお相手というのは、何家《どこ》の何とおっしゃる娘御《むすめご》で？」

「小日向《こひなた》にお屋敷のある『香山《こうやま》どの』という家禄九百石の旗本家の娘御でな。歳は笙太郎より一つ下で、今年十五になられたそうだ」

「その香山さまは、何ぞお役職《やく》は、お勤めであられますので？」

「いやそれが、香山家の現ご当主は、その娘御の兄上だそうでな。歳も一つしか違わずに、まだ十六ゆえ、『小普請』入りをなさっているらしい」

「では、すでにお父上がおられず、ということで……？」

「うむ。それゆえ、どうも『娘の縁談も早めに……』と、少しく母御《ははご》が焦っておられるそうなんだが……」

と、そう言った「義兄上」の言葉に、この縁談に対する正直な気持ちが見えてきたような気がして、斗三郎は身を乗り出した。

「されど義兄上、こう申しては何ですが、こちらは別段、焦らずともよいではございませんか。笙太郎どのとて妹尾家《こちら》に入って、まだようやく一年というところでございますし、さように急いで嫁を取らずとも……」

おそらく義兄はこの縁談にさして乗り気ではないのだろうと、十左衛門の気持ちを推し量ってそう言ってみたのだが、どうやらその斗三郎の読みは、当たっていたようだった。

「いや、そこよ」

十左衛門はそう言うと、手酌でまた一杯、徳利から杯《さかずき》に酒を注いで飲み始めた。

「先方を『どうだ、こうだ』と言う前に、正直、いまだ笙太郎自身が嫁取りのできるような器ではないゆえな」

「義兄上、ちとそれでは可哀相《かわいそう》ではございませんか。近頃では笙太郎どのとて、ぐんと馬術や剣術の腕を上げられて、昨日などは道場でも、なかなかに目立っておられましたし……」

「なんだな、斗三郎。おぬし、また笙太郎の道場を覗きに参ったのか？」

「別にわざわざ出向いたのではございませぬ。ちと、たまたま近くを通りましたので、ちらりと覗いてまいりましただけで」

「…………」

めずらしくムキになって言い返してきた斗三郎に、十左衛門は笑顔になった。

この義弟は、こうしていつも亡き姉の代わりをするように、義兄である自分にさり気なく寄り添ってくれるのである。

笙太郎を養子に迎えてからは、こうして何かと笙太郎のことも気にかけてくれていて、早く妹尾家に馴染めるように、十左衛門の跡継ぎとして立派に成長できるようにと、陰に日向《ひなた》に見守ってくれているのだ。

笙太郎が通う道場は、この屋敷のある駿河台からは水道橋《すいどうばし》を渡った先の小石川《こいしかわ》にあるのだが、斗三郎はそうでなくても忙しい目付方の仕事の合間を縫うようにして、時折、様子を見に行っているようだった。

「その道場の話だがな、どうやら笙太郎のやつめ、道場仲間の連中に自慢して、言い触らしたらしいのだ」

「言い触らした？　縁談を、でございますか？」

「さよう。『自分に縁談がきていると話をしたら、仲間たちが、どんな娘か見に行ってきたらしく……』と、あやつめ、そう言いおった」

「ははは。それはまた、笙どのらしい……」

「笑《わろ》うてもおられんぞ。あまり表立って騒いでしまうと、本当に縁組せねばならなくなるであろうが」

「お、義兄上、とうとう本音を出されましたな」

「……いや別に、どうでも嫌という訳ではないが……」

言い淀んで目を伏せた十左衛門の横顔を、斗三郎はそっと見つめていた。

縁談に対する十左衛門の逡巡《しゅんじゅん》が、本当のところどこにあるのか、斗三郎には痛いほどに判っている。

この義兄はもう八年も前に他界した妻のことを、いまだいっこう忘れられずにいて、妻と過ごした妹尾家の屋敷の暮らしをこのままに、できれば変えずにおきたいと思っているに違いないのだ。

だがまさか、それをはっきり口に出して訊いてみる訳にはいかない。まだ黙ったままでいる義兄に向かい、斗三郎はわざと軽い口調でこう言った。

「とにもかくにも、まずはその『香山さま』というお相手がいかな御家か、調べてみねばなりませぬな。ちとお役目の間を縫って私が調べてまいりますゆえ、それまではのらりくらりと、上手《うま》く返事を引き延ばしておいてくださいまし」

「そうしてくれるか。すまぬな、斗三郎……」

「万事、大船に乗ったおつもりで、お任せくだされ」

明るく胸を叩くようにしてきた義弟を、十左衛門はいつものように頼もしく見つめるのだった。

二

翌日のことである。

十左衛門や斗三郎ら大人たちの屈託なんぞは露しらず、縁談の当人である笙太郎は、もうはっきりと浮かれていた。

「では笙太郎さま、そのお相手の『千尋《ちひろ》さま』は、お綺麗《きれい》なお方でいらっしゃるのでございますね！」

勢い込んでそう言ったのは、妹尾家の家臣のなかでは「十四歳」と最年少の、飯田《いいだ》路之介《みちのすけ》である。

十六歳の笙太郎とは二つしか歳が離れていないため、自然、この路之介が普段から笙太郎付きの若党として身の周りの世話をしている。今も二人はともにいて、笙太郎の縁談相手である「香山千尋」を見物に行くべく、香山家の屋敷があるという番町《ばんちょう》に向けて歩いていた。

「どのようにお綺麗なのでございましょう？　ご友人の皆さま方は、何とおっしゃっておいでで？」

重ねて訊いてきた路之介に、笙太郎は自分自身、はやる気持ちを精一杯に抑《おさ》えて、格好をつけてこう言った。

「あまり期待はせぬほうがよいぞ、路之介。あやつらはな、人の縁談を祭りのようにして楽しんでおるだけだから、『綺麗だ』などと言っても当てにはならぬ」

「さようでございましょうか？」

「ああ。さよう、さよう」

「ふふ」

笙太郎の物の言いようが軽口みたいで可笑《おか》しくて、路之介はこの道行きを愉《たの》しんでいた。

この「笙太郎さま」は歳が近くて付き合い易いだけではなく、お優しくて、面白くて、本当に愉しいお方である。妹尾家の跡取りとして養子にきたお方なのだから、いつかは「今の殿」に代わってご当主になられるに違いないが、その時がきたら、自分がいつも一番の側近としてお仕えし、妹尾家を守るお手伝いをしようと、路之介は以《ま》前《え》から心に決めていた。

「おっ、路之介。連中の申していた『生西寺《しょうさいじ》』というのは、あれではないか?」

「あ、はい！　たしかにこのお寺でございましたら、坂の上にございますし……」

二人が道の先に見つけた「生西寺」は、香山家見物の拠点となる場所である。

笙太郎の道場仲間が皆で教えてくれたのだが、坂道を上りきった角にある生西寺の境内《けいだい》からならば、ちと遠目にはなるが、香山家の屋敷が見渡せるらしい。その境内の木立のなかから香山家の門を見張って、『千尋どの』らしき女人が出てきたら、急いで境内から道に出て、あとを追えばよいのだと、手順まで教わってきたのだ。

「いいか、笙太郎。万が一にも、相手には悟られるなよ。いまだ縁談《はなし》もまとまってないうちに、『浮かれて、顔を見に来た』などと知られては、いざ嫁にもらってから何事につけて足元を見られて、いいように尻に敷かれるぞ」

などと、今年もう二十歳になった道場の先輩からは、婚儀の先の助言まで受けていて、笙太郎は今日あれやこれやでドキドキしながら、路之介とともに小日向までやってきたのだ。

生西寺の山門の前に着き、並んでていねいに一礼すると、二人は寺の境内に足を踏み入れさせてもらった。

『境内の木立』というのは、やはりあちらでございましょうか?」

「ああ。どうやら向こうは高台になっているようだから、木立の奥まで踏み入れば、このあたりの家々が見渡せるほどになるのやもしれぬな」

「はい」

生西寺は坂道に沿って敷地の続くなかにある大きな寺で、広い境内のなかでも小高くなっている部分は、「木立」と呼ぶより「林」といったほうがいいほどに、鬱蒼《うっそう》としている。

その木々の間を縫って奥へ奥へと進んでいくと、境内の際《きわ》は本物の山の端《は》のように、緩《ゆる》やかながらも、ちょっとした崖地《がけち》になっていた。

「おう。たしかによう見渡せるな」

「はい！」

眼下には、どれも同じように見える武家屋敷が道に沿って建ち並んでいるが、そのなかのどれが「香山家」なのかについては、道場の仲間たちから簡単な絵図まで書いてもらって教わっている。

今いる生西寺を一角にした三叉路の左手の道沿いの一軒が、香山家の屋敷であるそうだった。

「やはり、あの、角から二番目のお屋敷でございましょうね」

「ああ。絵図がちといい加減ゆえ、はっきりせぬが、おそらくはそうであろうな」

九百石高の武家だから、屋敷地もなかなかの広さがある。今ここから俯瞰《ふかん》で見ると、三方を隣家の屋敷地と接していて、外への出入り口は、こちら側に向かって開閉する正門と、その脇の潜《くぐ》り戸だけのようだった。

「道場の皆の言う通りだ。これならば、人の出入りがすべて見えるぞ」

「さようでございますね……。あっ、笙太郎さま！　門が！」

路之介が指差したその先で、香山家の正門が開いた。出てきたのは、五人ほどの供《とも》を従えた騎馬の武士《さむらい》である。ここからは遠いため、顔立ちまでは見えなかったが、おそらくは若い男なのではないかと思われた。

「香山家のご当主だという、千尋どのの兄上さまやもしれぬな」

「はい。あんなにお供をお連れなのでございますから、絶対に兄上さまで……」

二人は騎馬の武士をもっとよく見ようと、ぐっと木立のなかで前のめりになった。

あれが香山千尋の兄ならば、やはり兄妹なのだから、幾分なりと顔立ちは妹に似ていることであろう。つまりは兄が美男なら、「千尋どの」は評判の通り、美しい女人であるに違いないのだ。

「あっ、今、こちらをお向きになられましたね！　ご覧になれましたか、笙太郎さま。私は、あまり見えなかったのでございますが……」

「見えん、見えん。『美男であれば……』と思うたが、ここからでは、顔など無理だ」

ついポロリと本音が出てしまったが、横で路之介も騎馬の武士の顔に目を凝《こ》らすのに必死になっているものだから、笙太郎の発言などたいして耳には入っていない。

そうして二人が背伸びして、おのおの夢中で目を凝らしたりしているうちに、千尋の兄と見えるその人物は、お供の者らに囲まれてどこへやら行ってしまった。

「やはりここでは見えませんから、道場の皆さまのおっしゃる通り、もし『千尋さま』がお出ましになったら、急いで道に下りていかねばなりませんね」

「ああ。この崖を下りてしまえば早かろうが、まさかそう、行儀の悪いこともできんからな。遠回りでも、ちゃんと山門から出るしかなかろうが……」

「はい。『いざ』という段には、私も精一杯に走りますので」

「うむ」

だがそんな二人の決意表明も虚しく、その後、香山家の人の出入りはぱたりと止まり、無情にも、遠く昼八ツ（午後二時頃）を報せる「時の鐘」が聞こえてきた。

今日、二人が妹尾家を出てきたのは四ツ（午前十時頃）より前のことだから、都合、二刻《ふたとき》（約四時間）近くもここにいたことになる。その間、むろん飲まず喰わずでいた訳だから、二人とも、いいように腹が減ってしまっていた。

「今日は帰るとするか、路之介。もう腹に何ぞか入れねば、動けんようになろう？」

「私は、まだ大丈夫でございます。明日はまた道場に行かねばなりませぬし、やはり何とか、今日のうちに……」

「うむ……。したがなあ……」

退《ひ》くか残るか選びかねて、笙太郎が口ごもった時である。

「あっ、笙太郎さま！　女の方が……！」

「おおっ！」

香山家の潜り戸から次々と現れたのは、母娘《おやこ》と見える武家の女人、二名である。お供に女中と中間《ちゅうげん》を一人ずつ連れていくらしく、全員が潜り戸を抜けてきたのを見計らって、母親らしき女人が静々と歩き出した。

「行くぞ、路之介！　急げ！」

「はいっ！」

半ば転がるようにして傾斜のある境内のなかを一気に駆け抜けて、三叉路の道まで出てくると、二人は慌てて香山母娘が進んでいった方向へと走っていった。

母娘ら一行が歩いていったのは、三叉路を西へと向かった道筋のはずである。だが見るかぎりその道筋に人影は一つもなくて、おそらく母娘ら一行はどこかの辻で横道に曲がってしまったのであろうと思われた。

「だめだ。こちらではなさそうだな」

「はい……」

一つ目に出てきた辻は右に曲がるものであったが、かなり先まで真っ直ぐに見えるというのに、人影は皆無《かいむ》である。

だがその先に、今度は左に折れる辻が現れて、一足先にその辻に差しかかっていた路之介が、道の向こうに香山母娘らしき人影を見つけて、つい口に出した。

「笙太郎さま！　あそこに！」

「えっ、まことか？」

と、笙太郎が夢中で駆けつけてきたのと、道の先で香山母娘が振り返ってきたのが、ほぼ同時であった。

「…………！」

思いもかけず「香山千尋」であるらしい娘としっかりと目が合って、笙太郎は一瞬、息を呑《の》んでいた。

道場の連中が「綺麗だ、綺麗だ」と騒ぐのも、実際、無理からぬことである。母親の後ろに半ば隠れるようにして娘はこちらを見ていたが、その「千尋」らしき娘に目を奪われて、笙太郎は身動きができないほどになっていた。

「……あの、もしやして『妹尾さま』で？」

声をかけてきたのは、母親のほうである。いきなり横手から図星を指されて、笙太郎は、今度は母親のほうに釘付けになった。

「はい、その……。お初にお目にかかります。拙者、妹尾笙太郎にてござりまする」

笙太郎が観念して深々とお辞儀をすると、千尋の母親はパッと明るく笑みを広げた。

「まあ、やはり……。今そちらのご家中の方が、お名をお呼びになられたので、もしやしてと……」

気さくな風にそう言うと、千尋の母親は改めて名乗ってきた。

「私、香山の家では隠居となっておりまして、名を『唱江《うたえ》』と申します。これが娘の『千尋』にてございまして……」

と、母親に促される形になり、いよいよ千尋がこちらに向けて挨拶をしてきた。

「香山千尋と申します。お初にお目にかかります。どうぞ、よろしゅう……」

「こちらこそ、よろしゅうお願いをいたしまする。こたびは、いまだ縁談の最中《さなか》にてございますのに、こうしてご尊顔《そんがん》をば拝しに参りますなどと、まことにもって不躾《ぶしつけ》な真似《まね》をいたしまして、申し訳もございませぬ」

「まあ、ではやはり、千尋を見に来られて？」

横手から口を出してきた母親の唱江に、

「はい……」

と、筆太郎は改めて頭を下げた。

「いやまことに、お恥ずかしいかぎりでございまして……」

「ふふふ」

いかにも愉しげに笑い出した唱江を前にして、筆太郎が小さくなっていると、それを気の毒に思ったか、横で千尋が母親の袖を引いてこう言った。

「ちと母上、そんな風に笑《わろ》うては失礼でございますから！」

「いや、千尋どの。さようなことは……」

互いにかばい合っているような娘と筆太郎の様子が、いよいよもって微笑《ほほえ》ましくてならないのであろう。唱江は見るからに上機嫌な風である。

そうしてそれを自ら証明するように、実に気さくに言ってきた。

「今日はこれより知り合いのお屋敷をお訪ねせねばならないのでございますが、また今度、是非にも香山家《うち》にお立ち寄りくださりませ」

「はい！　有難きお言葉、かたじけのうござりまする」

「では……」

小さくお辞儀した母親に続き、千尋もていねいに頭を下げてきて、二人はそのままお供の中間や女中とともに去っていった。

本当はその千尋の後ろ姿を、見えなくなるまで存分に見送りたいところだが、それではさすがに気味悪がられてしまうかもしれない。大いに後ろ髪を引かれながらも、笙太郎はそちらに背を向けて、路之介と二人、帰路につくのだった。

三

その晩、駿河台の妹尾家では、またも義弟の斗三郎が十左衛門と二人きり、余人を入れず酒を酌み交わしていて、笙太郎の話で持ち切りになっていた。

「なにっ？　なれば、あやつめ、あちらの娘御の顔を見に参ったうえに、まんまと見つかったと申すか？」

「はい……。いやまこと、とにかく私も驚きまして、あとを追ってみたのでございますが、道の途中で香山家のご母堂《ぼどう》さまに見つかって、ものの見事に看破《かんぱ》されておりましてな……」

今日の昼間の一部始終を斗三郎がなぜ知っているのかといえば、それはあの時、斗三郎が、香山家の人の出入りを調査するべく、三叉路の真ん前にあった辻番所の奥にいて、すべてを見ていたからである。

「して、香山家《あちら》は、何と？」

「いやなにせ、笙どのが相手でございますゆえ、あちらもすっかり打ち解けたような具合になりましてな。『次は是非、屋敷にお立ち寄りくださいまし』などと、ご母堂にもいたく気に入られておりましたぞ」

「…………」

あの一連を直《じか》に見てしまっているため、つい愉しんでしまう斗三郎とは対照的に、一応は笙太郎の親である十左衛門は、すっかり苦《にが》りきっている。そんな義兄の機嫌を戻そうと、斗三郎は今日の会談《はなし》の本題に入ることにした。

「して義兄上、その香山家でございますが、まずは一通りの内情のごときについては調べがつきましたぞ」

「おう、そうか。……いや、そうでなくとも忙しいというのに、相済まぬ」

「義兄上……。何を今さら他人行儀な……」

そう言って笑って、まず最初に斗三郎が話し始めたのは、香山家の当主についてのことだった。

「名を『香山信治郎《しんじろう》どの』とおっしゃって、歳は笙どのと同じく十六、今は香山家のご当主として何とか『お番入り《ばんい》』をなさろうと、あれこれ頑張っておられるようで」

「では、何ぞ伝手《つて》をたどっての猟官《りょうかん》運動のごときもなさっておられるのか？」

十左衛門が案じているのは「無理な猟官運動などしてはいないか」ということで、もし香山家が、誰ぞ幕府の要職に就いている者に賄賂《まいない》などを渡して取り入っているのであれば、目付としては婚家《こんけ》にする訳にはいかない。

だが幸いにも、そういったものではないようだった。

「一昨年、急な病で亡くなられた先代が、『書院番』の組頭を長く勤めておられたそうなのですが、そのお父上のいらした書院番方に入るべく、剣、槍、弓に馬術もと、日々武芸の修練に勤《いそ》しんでおられるようで……」

その努力の賜物《たまもの》か、身体つきなども「まだ十六」とは思えぬほどに、筋骨隆々としているそうだった。

「ほう……。なれば『お番入り』も、他者《ひと》よりは早いやもしれぬな」

「はい。旗本家の当主としては、若いながらもなかなかに、しっかりとした人物でありましょうかと……」

「さようさな」

感心してうなずきながらも、十左衛門は親として、つい笙太郎の現状と比べ合わせて考えていた。

「そうした者に比べると、やはり妹尾家《うち》の『あれ』なんぞは、大分に甘やかし過ぎておるのやもしれぬ」

「いや義兄上、笙どのとて、人望などはなかなかに……」

「…………」

難しい顔をして黙り込んでいる義兄に、存外、世間一般の父親らしいところが垣間見えて、斗三郎は微笑ましい気持ちになったが、なにせ今日は笙太郎が「しでかした」後である。これ以上、香山信治郎の話を続けていると、義兄は本気で笙太郎を呼びつけて怒り出しそうだった。

「して、香山家のご母堂と、肝心の娘御に関してでございますが……」

「おう、どうだ？　先ほどの話を聞くかぎりでは、どうやらそうも付き合いづらき風はないようだが、生活《くらし》ぶりなんぞに、派手な様子はないようか？」

「はい。まずは心配ございますまい。ことご先代が亡《の》うなってからは、万事に倹《つま》しくお暮らしであられるようで、香山家に出入りの商人なども、二、三、尾行《つ》けてはみましたが、どこもさほどに派手な商売はしておりませぬ」

「さようか……」

十左衛門は一つ大きく息をすると、義弟を労《ねぎら》って酌をした。

「いや斗三郎、まこと、あれやこれやと面倒をかけるな」

「またまた……」

斗三郎は茶化して笑ったが、ここにきて、実際のところ十左衛門がこの縁談をどう考えているものか、斗三郎にも読めなくなっていた。

義兄はまだ亡き妻・与野のことを想って、あまりこの妹尾家を変えたくないと思っているのかもしれないが、筆太郎の縁談を良い契機にして、やはりガラリと変わったほうがいいのではないだろうか。

それというのも十左衛門は、与野が生前に居間や寝間として使っていた奥の部屋を、いまだに自分の居所として日々使っているのである。だがこたび、もし本当に筆太郎が嫁をもらうこととなれば、その奥の間は、女人である嫁が使うことになる。

そんな一つ一つの変化が、姉の与野が亡くなって以来八年もの間、半ば止まっていた妹尾家や義兄の時間《とき》を、再び進める手助けになるのではなかろうか。

もし義兄が少しでも、この縁談を進めるつもりになりかけた際《とき》には、必ず自分が上手く背中を押してやろうと、斗三郎は改めて心に誓うのだった。

四

そのわずか六日後のことである。

縁談を仲立ちしてくれていた知己から妹尾家へと使いが訪れて、「香山家が、こたびの縁談を断ってきた」との急報が入った。

『まことにもってご無礼なこと千万ではございますが、故あって娘・千尋は、こたびの有難きご縁をお受けできぬようになりました。

まことに申し訳ございません。重ねてお詫《わ》びを申し上げます。

今となっては、先日あぁしてわずかでも、母娘《おやこ》して笙太郎さまとお話しできましたことが、何より嬉しく、懐かしゅうございます。

妹尾家の皆々さまのさらなるご活躍とご健勝を、陰ながら、お祈り申し上げております。

最後になりましたが、こたびは不肖《ふしょう》、私どもに有難き縁談《おはなし》をいただけましたこと、まことにもってお有難う存じました』

おそらくは母親の唱江が手ずから認《したた》めたものであろうが、仲立ちの旗本家を通して届けられたその文の文面は、何やらしごく親しくこちらの胸に響いてくるものがあり、とてものこと、妹尾家《こちら》を嫌って断ってきたとは思えないものではあった。

「何があったのでございましょうか？」

妹尾家の奥の座敷で、十左衛門から文を見せられるなりそう言ったのは、笙太郎当人である。

「やはり私、これより路之介とともにお訪ねをいたしまして、ご事情のほどを伺《うかご》うてまいりまする」

「よせ、笙太郎。未練だぞ」

「ですが、父上！　やはり何ぞか千尋どのに、病《やまい》のごときご災難があったのやもしれませぬし……」

「そうして己《おのれ》で予想がついておるのであれば、何ゆえ香山家《あちら》を追い詰めるような真似をいたすのだ？」

「…………！」

痛いところを突かれて黙り込んだ笙太郎に、十左衛門は重ねて言い聞かせた。

「縦《よ》し本当《まこと》に娘御に何ぞかあって、こうして断ってきたのなら、そこをおまえが掘り返してどうするのだ？　さらにあちらに辛《つら》い思いをさせることになるとは思わぬか？」

「ですが……」

「この話は終《しま》いだ！　これよりは、もういっさい口にするでない！」

あとに残されたのは憤懣《ふんまん》やるかたない笙太郎と、その笙太郎を案じて、どうしてあげたらよいのか判らずにいる若党の路之介である。

「……あの、笙太郎さま？」

「路之介、支度をしてくれ。すぐに参るぞ」

「え？」

笙太郎が「参る」というのだから、それはもちろん「香山家を訪ねる」ということであろう。さっそく立ち上がってきた笙太郎を、路之介はあわてて止めた。

「ですが、笙太郎さま、今すぐに屋敷を出ては、必ずや『殿《との》』に止められてしまいましょう。第一、かような夜分になってから他家《よそ》さまに伺うては、無礼というものでございましょうし……」

「なれば、明日だ。明朝、父上がご出仕をなされたら、すぐに支度を始めてくれ」

「心得ましてござりまする」

路之介は返事をすると、「筆太郎さま」を落ち着かせるべく、茶を淹《い》れに台所に向けて走り始めた。

とはいえ、殿に楯突《たてつ》くことになるのは、妹尾家で若党を始めて以来、初めてのことである。こたびばかりは筆太郎さまが心配でならないから、どこまでもお供をするつもりでいるが、正直、殿にどう顔向けをすればいいものか……。

一瞬、脳裏にちらりと「斗三郎さま」が浮かんだが、もし自分が相談を持ちかければ、殿に伝わってしまうのは必定《ひつじょう》で、筆太郎さまを裏切ることになってしまう。

もう後々、誰にどう叱られることになったとしても、とにかくこたびは一番に筆太郎さまをお守りしようと、路之介は決意するのだった。

五

だがそんな路之介の思いとは裏腹に、翌日の筆太郎と路之介の香山家訪問は、すでに辻番所にいた斗三郎に見つけられていた。

義兄の十左衛門からは、昨夜のうちに報告《しらせ》の文が届いていたため、香山家が縁談を断ってきた次第についても知っている。その文のなかで、十左衛門はひどく香山家を案じており、ことに「娘御の千尋どのの安否を、是非にも確かめて欲しい」旨、書かれてあったのだ。

それゆえ今日は、いまだ夜が完全に明けぬうちから辻番所《ここ》に来て、香山家の様子に異常はないか見張っていたのである。

すると四ツ（午前十時頃）過ぎ、路之介を供に香山家を訪ねてきた笙太郎が、ものの見事に門前払いを喰うところを目にしてしまったという訳だった。

「決して邪険にされていた訳ではございませぬ。ただ笙どのが、辻番のなかにいた私にまで聞こえる声で、『せめてお母上さまに会わせて欲しい』と立ち騒いでおりましたゆえ、あちらの門番も困って帰そうとしていただけでございまして」

「あやつめ、やはりやりおったか……」

この報告を、十左衛門が斗三郎から聞いたのは、翌日の晩のことである。

だが実は十左衛門もすでに薄々感づいていたことで、それというのも笙太郎は誰が見ても判るほどに気落ちしており、家中の用人や若党たちの話では、どうやら満足に物も喉を通らないほどになっているそうなのだ。

「して、どうだ？　娘御の安否については判ったか？」

十左衛門に訊かれて、斗三郎は首を横に振った。

「それがまだ娘御がほうは、いっこう外には出てまいりませんので」

「そうか……。ならやはり、何ぞか病で床に就いておるのやもしれぬな」

「ですが義兄上、ちと拙宅の家臣も使い、今日も一日、人の出入りを見張らせたのでございますが、医者の類《たぐ》いに、いっさい出入りはございません。けだし一点、ちと妙に感じたことがございまして……」

明らかに「どこぞの大店《おおだな》の主人」と見える商人が、日がな一日、香山家に入り浸りのようで、それも千尋の母親である唱江についてまわっているという。

「『ついてまわっている』というのは、どういうことだ？」

「それがまた、見れば『文字通り』でございまして……」

商人と唱江について報告してきたのは、斗三郎の家中の若党である。

だが実際、その報告を受けたのは幾日も前であり、若党から話を聞いた斗三郎は、ここ数日というもの仕事の合間を見つけては、家臣が見張りに詰めているくだんの辻番所に顔を出していて、その際に自分の目でも、「唱江が商人のあとについて、屋敷から出てきたところ」を目撃したのだった。

「その二人の行き先を確かめようと、そのままあとを尾行けてみたのでございますが、驚きましたことには、香山家の屋敷からはちと離れた小石川の町場の裏手にありました『出会い茶屋』のごときに、入っていきましたので……」

「なに？　では旗本家の母親が、商人と密会しておったと申すか？」

「はい。けだし、こちらが見るかぎりでは、『唱江どの』と申されるご母堂のほうは、とてものこと、好きで一緒にいるという風には見えませんでしたので……」

いざ出会い茶屋の長暖簾《ながのれん》をくぐる段にも、背中に手を置こうとした商人を嫌って、身を離そうとしていたほどであったという。

「やはりあれは、無理やりに承知をさせて連れ込んだものにてございましょうな」

「では何ぞか香山家のご母堂の側に、言うことを聞かねばならぬ弱みがある、ということか……」

「はい。おそらくは……」

その後、二人は一刻（約二時間）と経たないうちに出会い茶屋から出てきて、暖簾をくぐって出てくるやいなや、唱江は後ろも振り返らずに、屋敷への帰路となる方角へと足早に去っていったという。

「商人の男のほうは別の道へと歩み出しましたので、私はそちらのほうを尾行けてまいりました」

「して、男の正体は判ったか？」

「はい。蔵前《くらまえ》の札差で、『肥前屋《ひぜんや》』と申す大店《ところ》の主人にてございました」

「札差か……」

札差というのは、旗本や御家人ら幕臣たちから家禄の米を預かって、換金したり、保管したりすることで手数料を得ている、いわば幕臣武家専門の特殊な商人のことである。

幕臣は旗本であれ、御家人であれ、「米」が収入源だから、その米を市場に売って金に換えてくれる者がなくては、生活が成り立たない。それゆえ「我が家が使う札差は『○○屋』」と決めて、代々その札差と付き合っている武家《いえ》がほとんどであった。

だがそうして収入のすべてを預けているということは、武家の家計の良し悪しをそのまま知られるということで、札差は家計のやりくりが立ち行かなくなった武家には金を貸し、その代わりに先々の禄米までを抵当に取るという、いわゆる金貸し業も兼ねていたのである。

「だが香山《こうやま》家は九百石からの旗本家ゆえ、金に困って札差の言いなりになるということもなかろうが……」

考えて十左衛門がそう言うと、斗三郎もうなずいた。

「暮らしぶりも決して派手ではございませんし、かといって医者の出入りもありませんから、薬代のかかる病人を抱えているとも思えませぬ。けだし、どうにも気になってなりませんのが、四日ほど前の晩、その札差が手代とおぼしき者たちに、大八車で大樽《おおだる》を運ばせておりましたことで」

「大樽？　夜半にか？」

「はい。ただその時は、あの商人が札差だとは知りませんでしたので、味噌か何かを大樽で持ち込んで、替わりに『空《から》』を回収して帰ったかと、そう思っておりまして……」

だが商人の正体が札差だというのだから、味噌や油の大樽ではなかったということになる。そうなると、「他者《ひと》の目のない夜半に運ぶ大樽」と聞いて、たいていの者が想像するのは、遺体を入れた棺桶《かんおけ》であった。

「なれば、やはり、娘御が亡うなったと？」

「はい……。それも夜半にこっそり運び出したということは、考えたくはございませんが、たとえば誰ぞに乱暴でもされたかして自害なさったのやもしれませぬし……」

「『その娘御の事情を、世間に話す』とでも脅されて、札差の言いなりになっているということか……」

そういえば母親の唱江が書いたらしい文のなかにも、そうした事情を読み取れるような部分があり、十左衛門は怒りに顔を歪ませた。

「いや、ですが義兄上、むろんまだ確証がある訳ではございませんので」

義兄の顔が険しくなったのに気がついて、斗三郎は慌てたようだった。

「明日よりは香山家の親類縁者なども逐一さらい出しまして、娘御に関わりのある者はおらぬか、手を広げて調べるつもりでおりますのですが……」

と、ここで斗三郎は、急に一膝、近寄ってきた。

「こうなるとこの一件も、おそらくは『旗本武家の案件』となりましょう。ちと誰か、目付方の配下を二、三名、拝借してもよいのではございませんかと」

「うむ。縦《よ》し、まことに幕臣武家が札差に脅されているのであれば、そのままに放っておく訳にもいかぬゆえな」

「はい」

と、斗三郎がうなずいた時である。

「失礼をいたします。路之介にござりまするる」

閉まった襖の外から若党の路之介の声がして、ほどなく続いて笙太郎の声まで聞こえてきた。

「父上。お話のところ、申し訳ございませぬ。実は、香山《こうやま》家の千尋どのがことで、至急、お伝えをいたしたきことがございまして」

「………………！」

今ちょうど話していた内容《こと》でもあり、十左衛門は斗三郎と二人、一瞬、顔を見合わせたが、すぐに何でもない風を装って、外にいる笙太郎らに答えて言った。

「何だ？　勤めの上の会談《はなし》ゆえ、来てはならぬと申したはずだぞ」

「お言いつけを破りまして、申し訳ございませぬ。ただ実は、今日の夕刻、千尋どののお姿をお見かけできたものでございますから」

「なにっ？」

目を剝いた十左衛門の代わりに、斗三郎が立ち上がって襖を開けた。

「して、笙どの。一体、どこでお見かけに？」

斗三郎が香山家を調べていたのは、笙太郎や路之介には話していないことである。

横手から斗三郎に訊かれて、笙太郎は一瞬、面喰ったようであったが、すぐに素直にこう言った。

「なれば、香山家との縁談の一部始終については、もうすでに叔父上《おじ》もご存じなのでございますね」

斗三郎に笑顔を見せると、笙太郎は一転、神妙な顔つきになって、座敷のなかにいる十左衛門に向かい、廊下で居住まいを正した。

「私がお見かけいたしましたのは、千尋どのがお屋敷のお庭に出ていらした時にてござりまする。なにぶんにも遠くからにてございましたゆえ、お顔の色までは判りませぬが、寝たきりという訳ではなくああして歩けていらっしゃるのであればと、まことにホッといたしました」

言いたいことを好きなように報告し終えて、笙太郎は一息ついているようである。

だが親である十左衛門にしてみれば、これは聞き捨てならない報告であった。

「笙太郎。では、おぬし、どこぞから、他家のお屋敷のなかを覗き見ておったと申すか？」

「…………！」

明らかに「しまった」という顔をして、父上から目をそらせた笙太郎に、十左衛門の雷が落ちた。

「馬鹿者ッ！　幕臣の家中ともあろう者が、他家《よそ》さまのお屋敷内《うち》を覗くとは何たることだ！　恥を知れッ！」

「も、申し訳ございませぬ！」

床に顔を擦《す》りつけて、慌てて平伏した笙太郎に続いて、後ろで路之介も「申し訳ございません」と、蛙のように手をついて頭を下げている。

「…………」

もはや言葉もなく、上から二人を睨みつけている義兄をなだめるようにして、横手から斗三郎が場を収めてこう言った。

「なれば義兄上、この先は私が、話を聞いてまいりまする。ちと他《よそ》の座敷にて話してまいりますゆえ、しばしお待ちのほどを……」

普段は怒らない十左衛門にこんなに怒られてしまっては、笙太郎も路之介も委縮《いしゅく》して、上手く話せなくなるだろう。

すでに二人は、小さく身を縮めるようにして平伏している。そんな二人を促すと、斗三郎は十左衛門を一人残して、座敷を後にするのだった。

六

笙太郎と路之介がどこから覗いていたかといえば、それはもちろん生西寺の境内の、くだんの木立のなかからだった。

その場所からは眼下に三叉路が見渡せるため、三叉路の角から数間しか離れていない香山家の敷地内なら、目を凝らせば、どうにか見ることもできるのだ。

笙太郎と路之介の二人が、香山家の裏庭に「千尋」の姿を見つけた時も、実際にはほんの豆粒ほどの人影で、もし千尋のほかにも同じような年格好の姉や妹がいたならば、「あれは絶対に千尋どのだ」などと確信は持てなかったに違いない。

だがその二人の「確信」が、一体どれほど信じるに足るものであるのかを、斗三郎は是非にも確かめねばならなかった。

もし本当に千尋が存命でいるのなら、あの夜半に運び出された大樽の中身は何だったのであろう。あの晩もっと大樽を怪しんで、大八車がどこへ行くのか尾行して確かめておけばよかったと、斗三郎はしごく後悔していたが、どうにもならない。

とにかく千尋が生きているのか否かを確かめねばならないため、翌朝から斗三郎は数名の配下とともに生西寺の境内にいて、香山家の敷地の内に目を凝らしていた。

「いやしかし、こうもまあ誰一人として、庭にも出ぬものにてございましょうか」

斗三郎を相手に愚痴をこぼしてきたのは、徒目付の本間柊次郎《ほんまとうじろう》である。

この本間は、日頃から十左衛門の下で案件の調査《しらべ》を担当することも多く、調査内容の報告に妹尾家を訪れることも少なくないため、笙太郎や路之介とも十分に面識があった。

こたびはこの本間柊次郎をはじめとした、妹尾家に馴染みのある四名の配下を選んで、そのうちの二名は三叉路の辻番所に、本間を含む残り二名は自分とともに生西寺の境内でと、斗三郎は見張りの手配をつけている。

この寺の住職と、江戸中の寺社を管轄している『寺社方《じしやかた》』には、「調べの筋で、三叉路の通行人を見張らねばならないから」と目付方より正式に届《とどけ》を出し、すでに双方から了解を得たうえで、境内を見張りに使わせてもらっている。

今朝、斗三郎が自分の家臣を連れてここに来たのは、実に夜明け前のことである。その後ここの見張りは家臣に任せ、斗三郎自身はさまざまな手配のために江戸城《しろ》へと向かったのだが、それでも正午過ぎには本間ら目付方配下を連れてきて、自家の家臣たちから境内や辻番所の見張りを交替したのだ。

ついさっき七ツ（午後四時頃）の鐘が聞こえてきたから、都合、二刻《ふたとき》（四時間）近くも、ここで眺めていることになる。

だが香山家の敷地内の見えているかぎりには、いっこう誰も出ては来ずで、本間が愚痴をこぼすのもよく判るというものだった。

「普通であれば縁側や庭の掃除に、中間か下男の一人くらいは、もうとうに出てまいりましょう？　あの家《や》は一体、どうなっておるのでございましょうか？」

「さようさな……」

本間のぼやきに応えて、斗三郎もため息をついたが、そんな状況を打破してくれたのは、香山家を訪ねてきたらしい十五、六と見える少年たちだった。

「おっ、柊次郎！　客のようだぞ」

「はい。あの年格好からまいりますと、まずは当主『信治郎』の道場仲間というところでございましょうが……」

斗三郎と本間がそう言っている間にも、三名ほどの少年たちは門番の中間を相手に何やらずっと話しており、一度、門番が屋敷のなかに引っ込んでいったと思ったら、今度は用人か若党と見える家臣が現れて、ていねいに応対しているようだった。

「ちと私、上手くあの子らに取り入りまして、話を聞いてまいりまする」

言うが早いか、本間柊次郎はその場を離れて、傾斜になった境内のなかを、香山家のほうに向かって駆けていく。

一方、斗三郎は本間の邪魔にならぬよう、境内の木立に残って様子を眺めていたのだが、香山家の家臣と話し終えて帰路についたらしい少年たちが、まだ三叉路のあたりに残っているうちに、本間は無事に追いついたようだった。

いきなり路上で本間に声をかけられて、少年たちは驚いたのであろう。上から眺めているだけでも、大人の武士に声をかけられた少年たちが緊張して姿勢を正している様子が見て取れたが、本間が一方的ながらも何やら話しかけているうちに、少年たちが話に前のめりになっていくのがよく判った。

目付方の配下たちは、皆、日頃からあれこれあちこちで聞き込みをしなければならないため、中間に化けたり、浪人に化けたり、陪臣に化けたりと、さまざまに対応することに長《た》けている。だがそんな配下たちのなかでも本間柊次郎の聞き込みは絶品で、聞き込みの対象に合わせて、絶妙にあれやこれやへ化けて見せるのである。

今はおそらく近所の武家か何かのふりをして、あの子らの年齢に合わせて、香山家の信治郎か千尋のことでも訊ねているに違いなかった。

すると、どうやら話が終わったらしい。少年たちは、それぞれに本間に挨拶をして去っていき、本間もほどなく境内へと戻ってきたが、少年たちから聞き込んできたという話は、実に興味深いものだった。

「いや、まこと、思うた通りにございました。あの家の当主・信治郎は、もうすでに十日あまりも道場へ顔を出してはおりませぬ」

「やはりか……」

斗三郎は、ため息をついた。

今、本間が「思うた通り」と口にしたのと同様、実は斗三郎自身も、「あの少年たちは、長く道場を休んでいる信治郎を心配して、見に来たのではないか」と考えていたのである。そうしてもし信治郎が本当に、友人たちが心配するほど長く道場を休んでいるのなら、おのずと答えは絞れてくるようだった。

「では、あの晩に運び出された大樽は、『信治郎の棺桶』であったと見るのが、正しかろうな」

「はい……。若い身空で可哀相ではございますが、おそらく……」

少年たちの話によれば、信治郎はとにかく武芸を磨くのに熱心で、とてものこと、十日も道場を休むようなやつではないということだった。その信治郎がこんなに長く顔を出さないということは、何かとんでもなくひどい急病に罹《かか》ったか、もしくは何ぞ事故にでも遭って動けぬようになっているかの、どちらかである。

道場を休み始めた前日までは、いつもと変わらず、しごく元気であったから、やはり何かで大怪我でもしているのではないかと、彼らは大いに案じていたそうだった。

「して、さっき応対に出てきた香山家の家臣は、何と言っていたそうだ？」

「『急な病で臥せっている』と、答えたそうにてござりまする」

「だがそれを、信治郎の友人たちは『信じられぬ』ということだな」

「はい。前日には、道場の指南役を相手に何度も何度も打ち込んで、あれほど元気であったというのに、今は『自分たちが見舞いも許されぬほどに、重病である』というのは妙だ、と……」

「さようさな……」

縦《よ》し、信治郎が本当に十日あまりも前に何かで亡くなっているならば、香山家がいきなり縁談を断ってきたのもうなずける。

まだ十六で妻帯していない信治郎が亡くなってしまったら、香山の家の血は、妹の千尋が守らなければならず、つまりは他家から婿養子を取って香山家の当主とするしか手がないのだ。

「いやしかし、まいったな……」

「はい……」

斗三郎が「まいった」と、苦渋の顔つきになったのには理由《わけ》があった。

そも幕府は、大名や旗本、御家人ら武家たちに家の存続を許すことに関して、幾つかの条件を設けている。そのなかの一つに、

「もし当主が十七歳未満であったり、五十歳以上であったりした場合には、末期《まつご》の急《きゅう》養子《ようし》は認めない」

というものがあった。

俗に「末期養子」と呼ばれるこの「末期の急養子」というのは、跡継ぎの嫡子のないまま急病や事故などで当主が危篤状態に陥った場合に、幕府が特例として認めてくれる急な養子縁組のことである。

本来、武家は、まだ当主が元気なうちに跡継ぎの嫡子を決め、それを幕府に報告して、正式に許可をもらっておくのが当たり前であった。

だが当主がまだ若く、実子が生まれるのを期待できる時期であったり、実子がおらず養子を取らねばならないのは判っているが、誰を養子にすればよいのか決めかねている場合など、さまざまな理由で嫡子のない武家も多いため、幕府は救済措置として特別に「末期養子」を認めてくれるのだ。

だがそれは、当主の年齢が十七歳以上、五十歳未満の場合のみである。

今回の香山家のように当主がまだ十六歳の場合では、「当主が思わぬ事故に遭って、すでに危篤の状態であるから、どうか末期の急養子を認めて欲しい」と届《とどけ》を出しても、幕府から認可は下りなかった。

つまり、もし斗三郎や本間の予想の通り、当主・信治郎が不慮の事故か急病で亡くなっているのだとしたら、まだ当然、跡継ぎなど決めてはいないであろう香山家は、御家取り潰しになってしまうのだ。

それゆえ香山家では、信治郎の急死を隠して届は出さず、その一方で千尋の縁談は破棄にして、他家より婿養子をもらうことを決めてから、

「当主・信治郎は病にて、隠居をさせていただきとう存じます。それに際して、妹・千尋の婿である○○を、信治郎の養子といたしたく……」

などと、まるでまだ信治郎が危篤というほどでもない病状であるかのように装って、なんとか普通に婿養子を取ろうと考えているのではないかと思われた。

「これは疾《と》く義兄上に、お報せせねばなるまいな」

「はい……。香山家の屋敷がほうは引き続き私どもで見張りを続けておきますゆえ、どうぞご筆頭にお報せを……」

「うむ。なれば頼む」

「はい」

千尋の安否の確かめを本間たちに任せると、斗三郎はまだ江戸城にいるはずの十左衛門のもとへと急ぐのだった。

七

その晩、妹尾家の奥座敷には、四人の男が顔を揃えていた。

十左衛門に斗三郎、本間柊次郎の三人で、あとの一人は目付の牧原佐久三郎である。

牧原を呼んだのは他でもない十左衛門で、前職が奥右筆組頭であった牧原ならば、「幕府の法」には詳しかろうと思ったからだった。

「まずはあの大樽の正体にてございますが、やはり誰ぞの棺桶であったようにてございました」

一番に報告してきたのは、斗三郎である。

実はあのあと斗三郎は、城にいた十左衛門と相談のうえで、あの大樽が棺桶であるかどうかを確かめるため、香山家の菩提寺が屋敷からもさほどには遠くない『良念《りようねん》寺《じ》』という寺にあることを突き止めて、墓の様子を見てきたのだ。

「むろん墓石などはございませんでしたが、明らかに掘り起こして間もない土の跡がございました」

「なれば、まことに……」

沈痛な面持ちでそう言ったのは、牧原佐久三郎である。すでに牧原には今回の次第のすべてを十左衛門が話して聞かせていて、そのうえで「牧原どのにも、ちとご意見をばいただきたく……」と、集まってもらったのだった。

「して牧原どの、いかがなものでござろう？　縦《よ》し、まこと、ご当主の信治郎どのが亡うなっておったとしたら、やはり『取り潰し』に相成ろうか？」

「はい……。なにぶんにも亡うなってより十日あまりも経っておりますし、まず一番に失策であったのは、幕府《おかみ》に隠そうといたしましたところで」

「え？　では牧原さま、当主が十七になる前であっても、助かる手段《みち》はあったということでございますか？」

声をあげたのは本間であったが、驚いたのは十左衛門や斗三郎も同じで、十左衛門は牧原の答えも待たずにこう言った。

「いや、実は『もしやして……』と、思うてはおったのだ。たしか以前に、どこぞの藩で、幼少のご藩主が病で亡うなったところを、他家《よそ》から子をもらって差し替えておいて、『おかげさまにて、藩主は無事に平癒《へいゆ》をいたしました』という体《てい》にして済んだと、噂で聞いたことがあってな」

「はい。たしかにございました」

うもので……」

と、即座に牧原もうなずいた。

「肥後《ひご》国の人吉《ひとよし》藩の『相良《さがら》さま』にてございましょう。まさしくあれが『良策』とい
むろん人吉藩とて、正々堂々真正面から「幼少の藩主が病死した」と、幕府に届け出てしまった訳ではない。かねてより懇意にしていた大身《たいしん》旗本に相談し、その幕臣である旗本を通して内々に「御用部屋の上つ方に、ご裁断を願った」訳で、その結果として、藩主の差し替えを黙認した形となったのだ。

「『大目付』の皆さまに、正式に死亡届《とどけ》を出してしまっては、すべてが終了《しまい》になりますゆえ、内々に知己の旗本家に頼んだものかと」

「では、こたびも香山家のご母堂が、『小普請組』の支配筋にでも相談をして、内々に御用部屋《おへや》にご報告をいたしておれば、どうにか助かったのやもしれぬな……」

十左衛門や笙太郎に宛てて唱江が書いてきたあの文のことを思えば、「たぶん容易に助かったに違いない」と、十左衛門は思っていた。

いまだ縁談が決まりかけてもいなかった妹尾《こちら》家に向けて、あれほどの心を込めて文を書き送ってくれた唱江である。まだ十六の息子に急死されてしまった衝撃や、二年前に先立った夫に続けて息子までをも失った悲しみを、唱江がそのまま正直に吐露す

れば、小普請組の支配役も、御用部屋の上つ方も、必ず「哀れ」と思うてくれたに違いないのだ。

残念な気持ちを隠さずに、十左衛門が沈鬱に目を伏せていると、牧原も神妙な顔で先を続けてきた。

「確証はございませんが、おそらくこの一件でございましたら、ご当主の信治郎どのを『実はもう十七になっていた』ということにして、急ぎ末期養子の願書《ねがい》を出せば、許していただけたのではございませんかと……」

「その願書が出ておれば、あとはもう平常の末期養子として、我ら目付が出張っていけたということか……」

「はい」

末期の急養子を認めるにあたって、幕府はその「見届け役」として、ほかでもない『目付』を任じて、やらせている。

どこかの武家から末期養子の願書が出されると、幕府はすぐに目付方に命じてその武家の屋敷まで行かせて、「まだ当主が、ちゃんと生存していること」と、「これからもらおうとする養子が、血筋などの面でも問題がないこと」とを見極めさせるのだ。

これを『判元《はんもと》見届《みとどけ》』というのだが、末期養子の願書に自分で判を捺《お》したはずの当主を『判元』として、「この家の当主である私は、たしかにこの○○を養子として迎え入れて、家督を継がせたいと思っております」と、目付を前にしてはっきりと断言させるのである。

なぜ幕府がわざわざ目付をして「判元見届」をさせるのかといえば、幕臣の武家に家督相続争いを起こさせたくないからであった。

もし当主が本人は意図していないのに、危篤状態で動けないでいるのを家族や家臣に悪用されて、勝手に末期養子の願書を出されているのだとしたら、それは由々《ゆゆ》しきことであり、幕府としても目付としても、そうした御家騒動を放っておく訳にはいかない。

だが実際は、必ずしも、直に当主に会わねばならない訳でもなかった。

たとえばその家の者たちが、

「今や当主は、とてものこと他者《よそ》さまの御目には見せられないほどの衰弱ぶりでございますので、目隠しの衝立《ついたて》を介しての会談でもよろしゅうございましょうか」

と頼んでくれれば、実際の姿は確認できなくても、当主が衝立の向こうから「たしかに当主の私が、その判を捺しました」と言ってくれれば、それでいいことになっているのだ。

むろん、その衝立の向こうに敷かれた布団に寝ているのが、必ずしも「生きている当主」ではないかもしれないことを、幕府も目付も承知している。もうすでに遺体となった当主を寝かせて、そのそばに親族なり家臣なりの男性が隠れて、死んだ当主の代わりに、衝立越しに「御目付さま」と話をすれば、それで許してくれるのだ。

家督相続争いを防止する目的からいえば、たしかにこれでは「よろしくはない」のだが、これを黙認してやらねば「取り潰し」になる武家が多発する。すでに危篤の状態になっている者が、遠い江戸城から出張してくる目付の到着を待っていられるとは限らないからだった。

おまけに目付方に「判元見届」の命《めい》が下されるのは、そこそこ高位の旗本家の場合か、もしくは何か問題のありそうな幕臣武家の場合のみである。小禄の幕臣家で、尚かつ何の問題もない場合には、その武家にとって上役に当たる支配筋の誰かが「判元見届」をすれば、それで事足りることになっていた。

つまりこたびの香山家の場合も、信治郎の遺体が傷まぬうちに衝立の向こうに寝かせて、誰かが信治郎の代わりに声を出せば、それでおそらく大丈夫であったのだ。

「いやまこと、何ゆえにご母堂も、支配の筋にご相談をせんかったのか……」

十左衛門がそう言うと、それに答えてきたのは、徒目付の本間であった。

「おそらくは札差の『肥前屋』が、巧妙に機を狙って入り込んだのでございましょう。今日などもあの札差め、堂々と訪ねてまいりまして、ご母堂さまを連れ出していきました。あとを尾行けましたが、やはり小石川の裏手の出会い茶屋に……」

「……ちッ！」

と、舌打ちをしたのは、めずらしくも十左衛門である。

だがそうして下品な風に舌打ちをしておいて、次の瞬間には、力なくこう言った。

「ご母堂を妹尾家《こちら》にお呼びして、儂《わし》が話すより他なかろうな。実際のところ、まずは『何がどうした次第であったのか』を訊かねばならぬ」

「さようでございますね」

沈鬱な場の空気を破って返事してきたのは、義弟の斗三郎である。

「明晩にでも、さっそくお呼びいたしてまいりましょう。縦《よ》しその際に、肥前屋がおるようでございましたら、万が一にも逃亡などさせぬよう、柊次郎に見張らせますゆえ」

「はい。心得ましてござりまする」

本間柊次郎が返事をして、今日のこの男四人の会合は終《しま》いとなった。

だがもうお開きで構わないというのに、皆、暗く黙り込むばかりで、誰一人として立ち上がる気配もない。

十左衛門は、まずは自分が眼前にある冷えきった酒食の膳《ぜん》に手を伸ばすと、口には出さず、皆にも目で勧《すす》めるのだった。

八

斗三郎が唱江を迎えに行ったのは、翌日の晩、五ツ（午後八時）頃のことである。

女人を外に連れ出すには、いささか遅すぎる感はあったが、幕府の役人に連れ出されるところを近隣の者らに見られたくないだろうと考慮して、斗三郎はわざと周囲が暗くなる夜を待って、香山家を訪ねていったのである。

幸いにも香山の屋敷内に、くだんの肥前屋は来ていなかったようで、唱江は突然の「笙太郎の叔父」の襲来に顔色を青くしながらも、すぐに素直に呼び出しに応じてくれた。

あらかじめ呼んであった町駕籠《かご》に唱江を乗せて、香山家のある小日向から、駿河台の妹尾家へと向かう道中、斗三郎は唱江の駕籠の横について歩いて、あれやこれやと世間話を続けていた。

話の内容は、妹尾家や自分自身のことである。亡き姉や義弟の自分を、十左衛門がいかに今でも大切にしてくれているかや、昨年ようやく甥の笙太郎を養子に迎え入れたこと、笙太郎がいささか軽はずみな部分《ところ》はあるものの、「本来ならば堅苦しくて威圧されるはずの目付の家に養子にきた」とは思えないほど、明るく伸び伸びと武家の鍛錬に日々精を出していることを、問わず語りに話して聞かせたのである。

初めは少し戸惑うような顔をして、控えめに相槌を打つだけの唱江であったが、斗三郎の話が進むほどに、次第、愉しげな様子を隠すことなく見せてくれるようになり、その素直な温かい人柄に、斗三郎は内心しごく心を痛めていた。

このあと駿河台の妹尾家に着いて、実際に十左衛門との談話《はなし》が始まってしまえば、この唱江の穏やかな笑みは消えてしまうのである。

それでもそんな斗三郎の思いをよそに、町駕籠は唱江を運んで、妹尾家の屋敷の前に着いてしまった。

「ここが義兄の屋敷にてござりまする。どうぞ、こちらに……」

「はい。失礼をいたします」

笙太郎や路之介にはむろんのこと、他の用人や若党ら家臣たちにも、「儂が『よい』と言うまでは、いっさい顔を見せてはならぬ」と、十左衛門があらかじめ人払いをかけてあるため、玄関から客間へと唱江を案内しているのも斗三郎である。

その客間で、ひとり唱江の到着を待っていた十左衛門は、唱江と顔を合わすなり、パッと顔つきを和らげた。

「先日はていねいなお文を、まことに有難う存じました。縁談を断られているというのに、まるで身内に親身の文をもらっているようで、笙太郎も拙者も何やら嬉しゅうござりましたぞ」

「お有難う存じます。まさか、そのようにおっしゃっていただけるとは、本当に夢にも……」

言いかけて、途中で止まった唱江の声は、少しく潤んでいるようである。そうしてしばし、口を小さく押さえていたが、伏せていた目を十左衛門のほうに合わせると、こう言ってきた。

「お心遣い、本当にお有難うございました。お屋敷の内《なか》をお人払いしてくださっていて、私どんなに気が楽になりましたことか……」

「…………」

まだ唱江の言葉の深意が判らないから、何と答えればいいのか判らない。

すると唱江は小さく一つ息をして、自分で心を決めたらしく、先を続けてきた。

「私があまり他者《ひと》に会わずに済むようにと、ご配慮をくださったということは、うちに出入りの札差がことも、すでにもうお調べでいらっしゃるのでございましょう？お恥ずかしい限りでございます。私、娘がいなければ、もうとうに自害いたしておりました」

「唱江どの……」

見れば唱江はうつむいて、そっと十左衛門《こちら》から目をそらせている。二人の子の母であり、旗本武家の女人でもあるこの唱江が、今もどれだけ情けなく恥ずかしく屈辱を感じているかを想像すると、男ながらに堪《たま》らない気持ちになったが、それでも自分は『目付』である。

唱江の傷に塩を塗ることになったとしても、訊かねばならないことがあった。

「ご子息の信治郎どのには、いつ、何が……？」

「…………」

口に出すのが辛いのであろう。唱江は唇を引き結んで、うつむいている。その唱江を、辛抱強く十左衛門は待った。

「……落馬にてございました」

唱江がそう言ったのは、ずいぶんと経ってからのことである。

「いや、馬でござったか……」

「はい」

「…………」

落馬で命を落としたり、死なないまでも大怪我をして再起不能な身体になったりした幕臣たちを、役目柄、十左衛門は数多く見知っている。

旗本には騎馬の資格があり、徒歩《かち》身分の御家人とは違って、出勤の登城の際にもお役目の際にも馬に乗らねばならないから、馬術の鍛錬は必須なのである。

ことに香山信治郎のように、武芸の腕を磨いて番方のお役に就かんとしている者は、馬術が相当に上手くなくては、先の出世は望めなかった。

「何日《いっ》、何処《どちら》でお怪我をなさったのでござる？」

「十四日ほど前のことにてございますが、屋敷の庭で、馬の稽古の最中にございました。運悪く、馬が上から暴れかかりまして、家臣の者らが急ぎ馬を取り押さえて助け出したのでございますが、その時には、すでにもう……」

医者の出番がないことは、誰の目にも明らかであった。

「ですが私、それでも『お医師の先生を……！』と、若党を走らせようとしたのです。そういたしましたら、あの肥前屋が……」

お気の毒ではございますが、これはもう事切れていらっしゃる。今さら医者を呼んだとて、どうなるものでもございませんし、第一こちらの信治郎さまは、まだ十六ではございませんか。十七になる前にご当主がこうなられては、末期の養子もお取りにはなれず、香山のお家がお取り潰しになることは、唱江さまとてご承知でいらっしゃいましょう？

こうとなれば、今は何としても隠すより他ございません。千尋さまにお婿のご養子をもらうまで、信治郎さまには生きていていただきましょう。

「肥前屋はそう申しまして、『信治郎は急な病で寝たきりになっている』ということで通すよう、家中の者たちにも言い含めておりました。そうして『信治郎さまがご供養のことは、すべて自分に任せてくれ』とそう言って、夜半に大八車にて菩提寺に運んでいきまして……。お寺さまへの口止めもいたしたそうにございました」

「さような次第であられたか……」

「はい」

唱江はそう返事をしたが、その口元は次第にギュッと真一文字に引き結ばれていき、そのままぶるぶると震え出した。

「……私、いまだあの子が菩提寺でどうしているか、見ることもできずにいるのでございます。私や千尋や家臣が菩提寺に参れば、どうしても目立ってしまう。誰にどこで見られて感づかれてしまうかしれないから、千尋に婿養子がくるまでは、信治郎に会いに行くのは我慢しろ、と……」

「いや、それはあまりに……」

十左衛門はその先の言葉に詰まって、そっと目をそらせた。

実子のおらぬ十左衛門だが、その唱江のとてつもない苦しみは容易に想像することができる。

おそらくは、もう何を後にしても、今すぐ駆けつけてやりたかろう。今は亡き父親を手本として「香山の家を盛り立てるためにも、早くお役に就かねばならない」と、日々懸命に鍛錬を続けていた十六の我が子が、人知れず冷たい土のなかに埋められて、母の自分とも妹とも、ずっと会えずにいるのである。

そんな息子が可哀相で、心配で、いとおしくて、堪らないはずだった。

「唱江どの」

と、十左衛門は心を決めて、言い出した。

「もう夜半ではござるが、この後ともに『良念寺』に参りましょうぞ」

「え……？」

心底、驚いているのであろう。唱江は目を見開いている。

その唱江に、十左衛門は優しくうなずいて見せた。

「いやな、実は先ほどお迎えに参った義弟《おとうと》が、先日『良念寺』を訪ねて、信治郎どのがご様子を拝見してまいりましてな」

「それであの、信治郎は……？」

すがるように、唱江はこちらにいざり寄ってきた。

「大丈夫。案じずともよろしゅうござるぞ。それよりは、寺で待たれていらっしゃる信治郎どのがためにも、いつもの母上さまらしくお心を安らかに柔《やわ》らこうして、ともに会いに参りましょうぞ」

「妹尾さま……」

はらはらと、とうとう唱江は泣き始めた。

「やはりあの時、私が潔《いさぎよ》くあきらめてしまえばよかったのでございましょうね……。けれど私、あの時は、馬の稽古であぁなった信治郎が可哀相で、『香山《こうやま》家を信治郎の代で潰しては、未来永劫《えいごう》、信治郎が不肖の当主となってしまう』と、そう思ってしまいまして……」

「…………」

十左衛門は、今度はもう、答えてやれずに黙り込んだ。

信治郎が十六で急逝してしまったとしても、本当は香山家を潰さずに済んだはずなのである。

もし唱江が肥前屋の言うことなど聞かずに、普通に医者を呼んでいたら、そうしてその医者とともに、唱江が小普請組の支配筋のもとに正直に駆けつけていたならば、おそらくは救える手段《みち》があったに違いないのだ。

だが現実は肥前屋の言いなりになり、信治郎は供養もされずに菩提寺に埋められて、はてはこの一件を逆手に「弱み」として握られて、肥前屋に脅されるまま妾《めかけ》のような扱いにまで落とされるに至ったのである。

そんな唱江に「助かる道は他にあった」などと、誰が言えよう。「正直に、すぐに支配に駆け込んでおれば、香山の家は潰さずに済んだのだ」などと、とてものこと言えるはずがないのだ。

「………」

見れば、唱江は嗚咽の声を懸命に我慢しているのだろう。畳の上に半身を伏すようにして、身を揉《も》んで泣いている。

その唱江を、十左衛門はいつまでも待ち続けるのだった。

九

蔵前に店を持つ札差の肥前屋嘉兵衛《かへえ》が、『町方』の手により捕縛されたのは、翌日のことだった。

今の北町の町奉行は、かねてより十左衛門がその人格を敬愛してやまない、町奉行在職十五年の依田和泉守《よだいずみのかみ》である。

その和泉守に、十左衛門は自家の縁談からの一連を隠さずにすべて話してお願いし、町方が肥前屋の訊問をする席に、ともに立ち会わせてもらったのだ。

今、十左衛門はその訊問の立ち会いを終えて、北町の奉行所から城へと帰ってきたばかりであった。

「では、そもそもあの縁談は、肥前屋が香山家に持ち込んだものにてございましたので……？」

十左衛門からの報告に目を丸くしているのは橘斗三郎で、今、十左衛門は斗三郎と本間に加え、目付の牧原にも集まってもらい、目付方の下部屋で話していた。

「さよう。聞けば、妹尾家《うちはなし》に縁談を持ち込んできた知己も、肥前屋が出入りの札差らしゅうてな。『亡き先代が長く書院番組頭を勤めていた九百石の旗本家に、それは良いお嬢さまがいらっしゃいまして……』と、肥前屋に、うちとの縁談を取り持ってくれるよう頼まれたらしい」

「え……？」

と、横手から身を乗り出してきたのは、徒目付の本間柊次郎である。本間は香山家の見張りで、肥前屋が唱江を無理に連れ出して出会い茶屋に入っていったのを、直に目にしているため、「肥前屋」と聞くだけで虫唾《むしず》が走るそうだった。

「なれば、端《はな》からご筆頭のお家を狙って、肥前屋が仕掛けてきたという訳でございますか？」

「『仕掛けてきた』というほどではなかろうがな。信治郎どのが『お番入り』を目指して頑張っていたのに目をつけて、『目付筆頭を勤めている妹尾家の嫡男を紹介できる』と、香山家に持ち込んだらしい」

「ではやはり肥前屋は、以前より香山家の唱江どのを好んで、何かにつけて恩を売ろうとしていたのでございましょうな」

「いや、牧原どの、そこよ。香山《こうやま》家の先代が二年前に亡うなって、母親と子らのみに相成ったのをいいことに、あれこれと親切ぶって顔を出しておったようでな……」

信治郎の番入りについても、「札差の自分であれば何かと諸方に顔が利くから、もし何なら早くお番入りができるよう口利きをいたします」と、恩着せがましくそう言って、信治郎当人に憤慨されていたという。

「『心身を鍛えて武芸を磨けば、そなたになんぞ頼らずともお番入りはできる。馬鹿にするな！』と、信治郎どのは、えらく肥前屋を嫌《きろ》うていたらしい」

「さようでございましょうな」

鼻息荒くそう言ったのは肥前屋を毛嫌いしている本間であったが、その横で斗三郎が、やけにしんみりとして言ってきた。

「ですが妹尾家《こちら》は、たとえ肥前屋の口利きであったとしても、あのまま香山家《あちら》の千尋どのを、笙どのの嫁御にお迎えしとうございましたな。今の信治郎どのが話も然《しか》り、唱江さまのあの温かいお人柄も然り、あの香山のお家と身内となれば、何かと愉《たの》しゅうございましたでしょうに……」

「ああ。さようさな……」

うなずいて、十左衛門は、昨夜あれから唱江と行った『良念寺』への道行きを思い出していた。

斗三郎もむろん一緒で、他の者には会いたくはなかろう唱江の気持ちを推し量り、駕籠も呼ばず、従者もなく、本当に三人きりで出かけたのだが、十左衛門は馬に乗り、唱江は別の馬に横乗りさせて、それを斗三郎が口取りし、人気《ひとけ》のない夜半の武家町の通りを、静かに良念寺へと向かったのだった。

唱江はすっかり泣き疲れて目も赤く腫らせていたし、これから初めて信治郎の墓を見ると思えば震えるような気持ちであっただろうから、誰も何にも喋らなかったのだが、それでもなぜかまるで身内で墓参りにでも行くような、不思議な穏やかさがあったのである。

だがもう二度と、ああした時間《とき》は過ごせまい。

たぶん自分と同様に、唱江を思い出しているのであろう義弟の横顔を眺めながら、十左衛門は小さく息を吐くのだった。

十

香山家の一件に、幕府より正式に沙汰が出たのは、それから半月経ったのちのことだった。

笙太郎と路之介の二人は「香山家には二度と近寄ること、相成らん!」と、十左衛門に固く禁じられていたから、千尋を遠く見かけた後のことについては、何も知らない。香山家に本当は何があったのか、千尋は今どうなっているものか、毎日気になって堪らなかったが、「父上からのお言葉」は絶対なものであるから、さすがにもう香山家には近づきはしなかったのだ。

そんな二人に、ある晩、十左衛門から改まって「折り入っての話があるゆえ、儂の居間に参れ」と、招集がかかったのである。

もちろんそれが香山家の話であろうことは二人とも判っていたが、十左衛門を前にして、まさかこちらから口にする訳にはいかない。笙太郎もさすがに黙って、「父上」の前に身を固くして座していた。

「笙太郎。話というのは他でもない、香山どののお家の話だ」

「はい」

返事をした笙太郎の後ろには、路之介も控えて座っている。

そんな二人を眼前に並ばせて、十左衛門は香山家の一部始終をただの一つも隠さずに、話して聞かせたのだった。

「しかして香山のお家は、『お取り潰し』と相成った。話のなかの肥前屋については、唱江どのをそそのかし、かつ脅して強姦をも行ったとして、『家財没収』のうえに

『打ち首』との沙汰が出て、すでに先日、刑の執行も為されたそうだ」

「……………」

たぶん笙太郎は千尋の境遇に、気持ちを添わせているのであろう。次々と十左衛門の口から衝撃の事実を聞かされるたびごとに、笙太郎は唇を嚙んで、歪ませている。泣くのを我慢しているようだった。

一方、路之介のほうはといえば、従者である若党らしく、姿勢を正して控えていたが、顔つきは話の衝撃のためか、ひどく青白くなっていた。

「……あの、父上」

と、声を絞り出してきたのは、笙太郎である。

「それで、あの、千尋どのとお母上さまは、この先どうなさいますので？」

「判らぬ。『お取り潰し』になってしまえば、もう幕臣ではないゆえな」

「いや、ですが……！」

「『ですが』？　『ですが』とは何だ？　では、おぬし『身内になっておったやもしれぬ香山家なのだから、特別な扱いをせよ』とでも申すのか？　笙太郎、おぬし、儂が『目付の職』を、一体、何と心得ておるのだ？」

「それは……」

それはもちろん笙太郎とて、十二分に判っている。妹尾家に養子に入ったのは去年だから、たしかに日は浅いのだが、「父上」がまだ「叔父上」であった頃から、十左衛門の就いている『目付』という職の厳しさについては、十左衛門の妹である実母の咲江《こ》《こ》からも折につけ聞かされていて、

「叔父上は江戸城《おしろ》で目付を勤めておいでなのだから、甥であるあなたたちも常に何かをする際には、それがお天道さまに相照らして、良いことなのか、悪いことなのかを、よくよくと考えてから為すように……」

と、言われ続けてきたのだ。

そして今では目付の職の信条が、「何事にも私心なく、公平公正に接するべき」ということも、重々承知しているつもりである。

だがそれでも今の香山家の話を聞いて、「災難」というべき状況に置かれている千尋や母上さまを少しでも手助けしてあげたいと思うのは、間違っているのだろうか。

笙太郎は、やはり自分のなかに浮かんだこの疑問を、「父上の圧力《あつ》」に負けて不当に抑え込むことはできずに、真っ直ぐに顔を上げてこう言った。

「『目付の職が公平公正であらねばならない』ということは、私も存じ上げているつもりでござりまする。ですが、こたびの香山家の一件は、信治郎どのの落馬から始ま

っていて、いわば『ご災難』というべきもの……。香山のお家がお取り潰しになることは致し方ないやもしれませぬが、お気の毒な千尋どのやお母上さまをお助けするのが悪いこととは、どうしても思えませぬ」

「……相判った」

十左衛門はうなずいて見せると、こちらからも笙太郎の目を真っ直ぐに見据えて、先を続けた。

「今の発言《げん》は、そなたが意見として拝聴いたそう。よう昔、咲江がそなたらに申しておった『お天道さまに相照らして……』ということであれば、たしかにそなたの申しようも、まずは正しかろうと思う。したが、儂は目付だ。目付の職の公平公正に相照らせば、取り立てて香山の家のみを手助けいたすことはできぬ」

「…………」

困って、笙太郎は黙り込んだ。

今の父上の話は、自分がさっき申し上げたことのいわば裏返しで、結局は同じことであるような気がする。

だがどうにも、上手く言い返すことができないのだ。

どうやったら千尋どのをお助けすることを正当化できるものかと、笙太郎は必死になって考えていたが、その正解が出せないでいるうちに、この席はお開きになってしまったようだった。

「ではこれで、話は終《しま》いだ。それぞれ部屋に戻って休め」

「父上！」

「…………」

今度はギロリと本当に睨まれて、笙太郎は、反論の言葉を見つけられなかった自分が情けなく、恥ずかしくて、あの「千尋どの」が可哀相で仕方がなかった。

父上を論破して、目付の嫡子としても堂々と、千尋どのをお助けできる方法を見つけなければならない。

一度きり、ほんのわずかに言葉を交わしただけの香山千尋を、またも繰り返して頭に思い描きながら、笙太郎は力なく立ち上がるのだった。

香山家の唱江と千尋が、唱江の実家が領地に持つ下総《しもうさ》国の一村に、家を構えて移り住んだのは、それから程なくのことである。

移り住むにあたっては、かねてより唱江を「奥方さま」と慕っていた女中頭と、亡き先代に今でも忠義を尽くしている用人、加えて古参の老下男と、都合、奉公人三名が一緒についていっているそうで、それを調べて十左衛門に報せてくれたのは、斗三郎であった。

義弟から教えてもらったこの香山家の新しき門出に、十左衛門がホッと胸を撫で下ろしたのは、言うまでもないことである。

この先の唱江たち母娘《おやこ》の暮らしが、ずっと良きものであり続けるようにと、十左衛門は陰ながら、祈るように想うのだった。

第三話　湯屋《ゆや》の火事

一

八月もそろそろ終わろうという、ある日の夜半のことである。江戸城からは南西の方角にあたる赤坂《あかさか》の武家地のなかで、火事が起こった。

江戸市中に半鐘《はんしょう》の鳴るような大きな火事が出ると、目付はそれが日中であろうが夜であろうが必ず現場に駆けつけて、消火活動が上手《うま》くいっているか否かを検分しなければならない。

その晩の目付方の『宿直番《とのい》』は、四十八歳の小原孫九郎《おばらまごくろう》と三十一歳の赤堀小太郎《あかほりこたろう》の二人で、目付としては後輩にあたる赤堀が夜半の外出《そとで》を買って出て、数人の配下とともに急ぎ火事場の赤坂へと向かったのだった。

赤坂から六本木《ろっぽんぎ》、麻布《あざぶ》にかけて広がる武家地は、ところどころに町人の住み暮らす町場や幾つもの寺社地が混在している、なかなかに複雑な造りの地域である。

江戸城からは、まずは内堀に架《か》かる『桜田御門《さくらだごもん》』の橋を渡り、その先の外堀に架かる『赤坂御門《あかさかごもん》』の橋も渡っていくのだが、外堀の向こう岸は、すぐに赤坂の町場となっていた。

この赤坂の町人地はかなり広くてにぎやかで、橋から続く大通りを赤坂傳馬町《てんまちょう》、赤坂田町《たまち》、赤坂新町《しんまち》と抜けていくと、その先に武家地が見えてくる。

城から騎馬で駆けつけた赤堀ら一行も、ようやく武家地に入ってきたが、すでに火は消し止められたものか、ついさっきまでは夜の闇に赤々と見えていた火事の現場が、はっきり「どこ」と判らなくなっていた。

「あっ、赤堀さま。あちらに煙が……」

そう言って家並みの向こうを指してきたのは、徒目付の高木与一郎《たかぎよいちろう》である。

「おう。あの煙の様子であれば、もう消えたやもしれぬな」

「はい」

はたして赤堀ら一行が現場に着くと、やはりすでに鎮火《ちんか》していて、幸いにもさして被害は大きくないようだった。

火を出したのは、道に面して建ち並んでいる武家屋敷のなかの一軒で、見たところ敷地の広さも三百坪まではなさそうだから、おそらくは家禄二百石か三百石くらいの旗本家の拝領屋敷なのであろう。

その敷地のうちの道に面した三十坪くらいの土地に、どうやら安手な建物が建っていたらしく、その一棟と、それに隣接して建てられた物置らしき小屋が焼けただけのようだった。

「やはり、貸家《かしや》でございましょうか？」

高木がそう見立てをしたのも当然で、家禄のあまり高くない旗本や御家人の多くは、こうして敷地の一部を貸家にしたり、貸地《かしち》にしたりして、その賃料を生活費の足しにしているのだ。

「まあ、そうではあろうが……」

赤堀もうなずいて見せたが、焼け跡の様子がどうも気になる。宵闇のなかということもあり、ここからでは遠すぎてあまりよく見えないため、焼け跡をしかと見ようと赤堀は近づいていった。

「おう、これは、赤堀どのではござらぬか」

横手から声をかけてきたのは、このあたりを担当の区域としている幕府の火消し役、

『江戸中《えどちゅう》定火之番《じょうひのばん》』の米津《よねづ》甲太夫《こうだゆう》実任《さねたか》という旗本である。

「いや、米津さま。お久しゅうござりまする」

俗に「定火消《じょうびけし》」と呼ばれているこの『江戸中定火之番』は、家禄四千石以上の大《たい》身《しん》旗本の就くお役で、江戸を火災から守るため、市中の要所要所に分散して建てられた「火消屋敷《ひけしやしき》」を役宅として住み暮らし、いざ自分の担当地域に火事が起こった際には、屋敷内に住まわせてある自分の火消し組の配下たちを引き連れて、消火に向かうのである。

以前にも赤堀は、このあたりで起きた火事の検分で米津と話したことがあり、顔見知りであった。

「して、米津さま。やはり火元は、この貸家のごとき一棟で？」

「さよう。けだし、ただの貸家ではござらぬぞ。小さいが、『湯屋《ゆや》』だそうだ」

「えっ、『湯屋』でございますか？」

赤堀が目を剝《む》いたのも、無理からぬことである。

それというのも幕府はたしかに幕臣の武家たちに対し、拝領させた屋敷地内に貸家や貸地を設けることは許しているが、貸す相手については決まりがあり、親類縁者を含めた幕臣か、他家の家臣である陪臣、もしくは医者や学者や絵師、道場や寺子屋の師匠などと、かなり細かく限定されているのだ。

　おまけに湯屋は、火事が起こりやすいということで、幕府からの許可を得なければ営業できないことになっているため、そちらのほうから考えても拝領屋敷地の内《なか》で湯屋を営むなどと、幕臣としては言語道断《ごんごどうだん》の所業であった。

　米津甲太夫の案内で焼け跡に近づいてみると、狭いながらも湯舟と思《おぼ》しきものがあり、たしかにこれは風呂であろうとは思われたが、さりとて「湯屋」かどうかは判らない。客から金を取ってさえいなければ、あくまでも「屋敷の内湯《うちゆ》」ということで通せるからだった。

「して、米津さま。これが『湯屋だ』と知れましたのは、一体どういった次第で？」

「いやな、米津組《わしら》がここに駆けつけた時には、まだ二人ばかりの客がいて、必死で火を消そうと、湯舟の湯をかけておったのでござるよ」

「『客』がいたのでございますか？」

「さよう。どこぞの中間《ちゅうげん》であろうと見える者たちであったが、たしかに『湯屋の客』だと申してな。だがやはり湯などかけても消えぬゆえ、米津組《うち》の者らが取って代わって、まずは火が広がらぬよう、壁だの屋根だの打ち壊したという訳だ」

「いや、さようにございましたか……」

火事に精通しているこうした火消し組の者たちが、消火の際に、まずは一番に優先するのは、類焼を防ぐことである。

江戸の町には人家が多く密集しているため、隣家などが類焼して火が大きくなってしまったら、あっという間に燃え広がって、何町《なんちょう》も焼き尽くしてしまうような大火事になってしまう。

下手に「水」に頼って消そうなどとしていると、井戸から水を汲み出している間に火の勢いが増してしまい、手の出しようがなくなってしまうことも多い。

それゆえ今日も米津組は、とにかく早く火から燃える種となるものを遠ざけるために、湯屋の棟の屋根や壁を打ち壊して、その木材をできるだけ火から遠ざけて、燃え広がるのを防いだということだった。

「うちの者らがその客たちに話を聞いたそうなのだが、どうやら最初に火が出たのは、焚口《たきぐち》の横に積み上げてあった薪束《まきたば》だったそうでな。よう外で湯上りに煙草《たばこ》を吸う客がおるゆえ、その火種《ひだね》が積んであった薪に移って燃え広がったのではないかと話しておったというのだが……」

と、そんな会話の途中に、「御頭《おかしら》さま」と、米津組の火消しと見える男が駆け寄ってきた。

「お話の途中に申し訳もございませぬ。実は、先ほどの中間たちでございますが、やはりどこぞに逃げていってしまいましたようで」

「え？」

と、赤堀は自分の耳を疑って、米津らの話に横手から割り込んだ。

「中間たちと申しますのは、まさか、その湯屋の客で？」

「さよう。我らが駆けつけた時には懸命に湯をかけておったし、うちの配下《もの》とも話をして、薪束から火が出たようだと教えてもくれたのだが、どうした訳か、一瞬みなで目を離したその隙に、どこぞに逃げてしもうてな」

「…………」

まだ状況をつかみかねて、赤堀が絶句していると、米津はさらに驚くようなことを言ってきた。

「実はその湯屋の客ばかりでは無《の》うて、母屋《おもや》の屋敷のほうからも、幾人か、男も女も入り混じって慌てて逃げていったのでござるよ。いまだ火が消えてはおらぬ時だったゆえ、追うこともできなんだが、あれもまた、一体何だったのかと……」

「いや、さようにございましたか……」

どうも何だかよく判らない火事である。

これよりは目付方が調査を引き受ける旨、米津に約束すると、赤堀ら一行は火事場を後にするのだった。

二

湯屋の屋敷の持ち主は、すぐに知れた。

その報告も含めて、徒目付の高木与一郎が赤堀のもとにやってきたのは三日後のことで、今、二人は目付方の下部屋で余人を入れずに話していた。

「名を『竹井五郎兵衛《たけいごろべえ》』と申す、家禄二百石高の無役の旗本だそうにてございますが、あの火事以来、ただの一度も屋敷に戻ってまいりませんので」

「湯屋の一件を幕府に知られて、出奔《しゅっぽん》したということか」

「はい。おそらくは……」

無役とはいえ家禄二百石のれっきとした幕臣旗本が、拝領の屋敷内で湯屋なんぞを営んでいたうえに、火事を出して雲隠れするなどと、嘆かわしいことこの上もない。

「して、その竹井の行方《ゆくえ》は知れそうか？」

「いや、それが赤堀さま、実はまだこの先に、さらに呆れるような事実が判明いたしまして……」

実は竹井はあの屋敷には住んではおらず、先祖代々、幕府から拝領している番町《ばんちよう》の屋敷のほうに住んでいたというのだ。

「え……？　なれば赤坂の屋敷のほかに、さらに番町にまで別の屋敷を拝領しておったというのか？」

赤堀は目を丸くした。

たしかに大名家のような大身の武家ならば、藩主が住み暮らす「上屋敷《かみやしき》」のほかにも、補助的に使用する「中屋敷《なかやしき》」や「下屋敷《しもやしき》」用の土地を幕府から与えられたりもするのだが、あくまでもそれは大名家や古参名家の大身旗本家に限った話である。

三千石、四千石といった旗本家でさえ、普通、屋敷地の拝領は一つきりだというのに、家禄二百石程度の旗本が二つも土地を拝領できるとは思えなかった。

「おう！　もしやして『相対替え《あいたいが》』か？」

解答《こたえ》に自らいき着いて赤堀がそう言うと、高木も大きくうなずいてきた。

「いやまさしく、その『相対替え』にてございまして……」

相対替えというのは、幕臣がほかの幕臣と相談のうえで、互いの拝領屋敷地を交換することである。

ただしこの相対替えは、必ずしも双方の「土地の広さ」や「土地の価格」がピタリと見合う訳ではないから、土地だけでは足りないその分を「金」で補塡《ほてん》して交換することが多かった。

それでも幕府は、双方が合意のうえで署名入りの届出書《とどけ》を出せば、ほとんど内容の確認もなしに許可を出しているのが現状で、高木はその届出書を探して、記載の内容を確かめてきたのである。

「こたびの竹井につきましても、ほとんどを金で解決いたしましたようで、竹井家が代々拝領の番町の屋敷地のほうは、わずかに三坪《みつぼ》、庭の端《はし》を切り分けて相手方に渡したそうにてございました」

「みつぼ……？　いやまさか、今『三坪』と申したか？」

「はい。金子《きんす》のほうは、一体いかほど出したものやら、記載がないゆえ判りませぬが、幕府に出した相対替えの土地の記載は、竹井五郎兵衛が三坪で、相手方の『楢崎謙一郎《ならざきけんいちろう》』と申す家禄百五十俵の旗本が二百八十六坪ほどと相成っておりました」

都合、二百八十三坪も差があるということになる。

「ようもそれで『相対替え』が通ったな……。わずか三坪と交換では、まるまる金で買《こ》うたようなものではないか」

「まことに……。屋敷地のこうした届出書は、すべて『普請方《ふしんかた》』にて管理をされておりますのですが、おそらくは双方の署名の在《あ》るや無《な》しやを確かめているだけで、ほかの記述については目も通されておらぬものかと」

「さようであろうな。いずれ、そちらの『普請方』にも、本腰を入れて指導をせねばなるまいが……」

「はい」

だがまずは、くだんの竹井五郎兵衛の一件が先である。高木はその竹井について、報告の先を続けた。

「番町の屋敷がほうにてございますが、やはりどうやら竹井はそちらに住み暮らしておりましたようで、近隣の武家をまわって訊ねてまいりましたところ、竹井が赤坂に屋敷替えをしていたことなど、ただの一人も知らぬようにてございました」

竹井は今年で三十九になる男だが、無役で何の勤めもしていないうえに、まだ妻帯もしておらず、家族といえば隠居の父親のみである。その老齢の父親も、幾年か前からはすっかり惚《ぼ》けているらしく、時折あたりを徘徊《はいかい》しては、それを見かけた近所の者らに家まで送られていたようだった。

「して、その番町の屋敷がほうに、竹井はおらぬのか？」

「はい。あの晩の火事を境に、番町の屋敷のほうからも夜逃げいたしたものらしく、屋敷内《なか》に入って『何ぞ手掛かりはないものか？』と、あれこれ見ては参ったのでございますが、残っているのは布団やら簞笥《たんす》やら運ぶに困る品ばかりで、金目のものはいっさい残してございませんでしたので」

「なれば隠居の先代も、奉公人のごときも残っておらぬということか？」

「はい。『下手《へた》に残せば、そこから足がつく』とでも考えたのでございましょうが、どうやら端《はな》から竹井《たけい》家には、奉公人など幾らもいなかったようにてございまして」

二百石高の旗本家なら、普通は用人を兼ねた若党が一人と、登城や外出の際のお供《とも》を兼ねた中間が二、三人、それに加えて飯炊きの下男か下女の一人くらいはいて当然というものである。

だが近所の話によれば、竹井はまるで「浪人者」か何かのように、幕臣旗本でありながら供の家臣も連れずに単独《ひとり》で外出していたそうで、二人いた中間たちは徘徊《はいかい》もしかねぬ先代の世話をして、常に屋敷に残っていたようだった。

「したがそうして、中間二人きりしか雇えずにおったというのに、相対替えに払う金《きん》子《す》を、竹井がどう作ってきたかが気になるな……」

「はい。実際、幾ら相手方の『楢崎』に払ったものやら判りませぬが、竹井の家は、五郎兵衛の祖父の代から三代引き続いての無役にてございますゆえ、貯蓄《たくわえ》もさほどにあったとは思えませぬ」

「うむ……。やはり相対替えの相手に会《お》うて、仔細《しさい》を聞くよりほかなかろうが、その『楢崎』とやらは拝領屋敷が三坪しか無《の》うて、どこにどう住んでおるのだ？」

「親戚の旗本家の貸家を借りて、住んでいるようにてござりまする。竹井とは違い、こちらの楢崎謙一郎は、親の代からの『勘定畑《かんじょうばたけ》』で真面目に相勤めておりますようで、もと居た赤坂の近隣の武家《もの》たちからも、『楢崎のお家の皆さまは、どなたさまもお人柄が良うてお付き合いのしやすい、好い方々ばかりで……』と、ずいぶんと好かれていたようにてございました」

「その物の言いようから察するに、近所の武家の妻女らに褒《ほ》められていたということだな？」

「はい。おそらくは、ことに楢崎のご妻女が好かれていたのでございましょう。どこの武家のご妻女ともだいぶ仲良う付き合いがあったようにてございましたゆえ、あれこれ突《つつ》いて訊いてみたのでございますが、どうやら楢崎の末の娘が生まれつきの病弱で、その薬代に金がかかっておりましたようで……」

今年で三十二だという楢崎謙一郎には十歳の長女と七歳の次女がおり、その娘二人と妻、隠居した自分の母親との合計五人で暮らしているはずだということだった。

「けだし、どこのご妻女も『相対替え』の中身については、ほぼ何も知らぬようにてございまして、『番町のあたりと聞いているから、毎日お城へ通うのが、少しはお楽になったことでございましょう』などと申しておる者もございました」

「まあ、さすがに楢崎のご妻女も、『たった三坪と交換した』などとは口にはできぬであろうゆえな」

「はい……」

とにもかくにも、やはり貸家住まいの楢崎を訪ねて、事情を訊かねば始まらない。

「楢崎謙一郎は、平《ひら》の『勘定役』にてござりまする。日々の帰宅の頃合いなども、おおよそ決まっておりましょうゆえ、私さっそく、ちと調べてまいりまする」

「うむ。頼む」

こたびの楢崎家への訪問は、「いきなり」のほうがよかろうと思われた。

竹井家との相対替えは、かなり尋常でないのはたしかなため、もしやして楢崎家のほうにも何ぞか幕府に隠しておきたい事実があるやもしれず、だとしたら「いつ何時、訊問にまいろうと思うゆえ、屋敷に居てくれ」などと、あらかじめ予告なんぞをしてしまったら、事実を上手く隠されてしまうかもしれないからだ。

一足先に下部屋を出ていった高木与一郎を見送ると、赤堀は「竹井がどこでどう金を作ったものか」と、また再び考え始めるのだった。

三

楢崎謙一郎の母方の親戚だという旗本家は、赤坂とも番町ともかなり離れた小石川の武家地にあった。

聞けば母親の実家だそうで、今は謙一郎の従兄《いとこ》が当主となり、母親の兄である伯父《おじ》は隠居しているそうだったが、もとよりその伯父とも従兄とも身近に付き合っていたこともあり、一年前に相対替えをして貸家を借りることになった際にも、喜んで引き受けてくれた経緯がある。

今もいきなり「相対替えの件についてお伺いいたしたい」と赤堀ら目付方に来訪されて、その御目付さまを狭い貸家のどこにお通しすればよいものかと困っていた謙一郎の様子を見て取って、母屋の客間を使うよう勧めてくれたのも、その伯父や従兄である。

他者《ひと》の耳目を気にせずに済むようにと、しっかりと人払いまでかけてくれた客間で、赤堀は、まずは赤坂の屋敷地で竹井が湯屋を始めていたことについて、楢崎に話して聞かせてみたのだった。

「えっ？　あのような場所《ところ》で湯屋をしていたのでございますか？」

「さよう。なんでも湯に生薬《しょうやく》を浸して、万病に効く『薬の湯』として客を呼んでいたらしい」

「『薬の湯』でございますか……。なれば娘を入れてやりとうございました」

「娘御を……？」

「はい。私には娘が二人おりまして、下の娘はまだ七つなのでございますが、生まれつき身体が弱うございますゆえ、そうした薬湯で湯治《とうじ》をすれば、少しは丈夫になってくれるかと……」

「さようであられたか」

「はい」

「…………」

赤堀はしばし話を止めて、そっと楢崎の様子を確かめていた。

むろん楢崎に娘が二人いることも、下の娘が病弱であることも、すでに高木から聞いて知っている。

だがこたびの一件は、三坪と二百八十六坪という尋常ではない相対替えで、おまけに幕府の禁を破って湯屋なんぞを営むという先の読めない案件なため、「楢崎が目付方のこちらにどう出るものか」、わざと何も知らないふりをして、向こうから話してくるのを待っていたのだ。

今、楢崎は「薬の湯」と聞いたとたんに娘の話を問わず語りにし始めて、「湯治をさせてみたかった」と残念そうな顔をしていたが、この表情《かお》におそらく嘘はないであろうと赤堀は見た。

あの赤坂の屋敷地に湯屋が開かれていた事実を楢崎が知らずにいたのなら、竹井との関係も「相対替えの相手」という、ただそれだけのものなのかもしれない。そこをより確実なものにするために、赤堀は湯屋が火事になった話を楢崎に聞かせてみた。

「えっ！　なれば、あの屋敷は燃えてしまいましたので……？」

自分ら家族が住んでいた屋敷であるから、愛着が消せないのであろう。湯屋のことなどすっかり忘れて、屋敷のほうを案じて顔色を青くしている楢崎に、「この様子であれば、竹井と組んで悪事をしていたということはないに違いない」と、赤堀は内心でホッとしていた。

「ご案じめさるな、楢崎どの。燃えたのは、新規に建てた門からすぐの湯屋の一棟と、それに続いた物置の小屋のみでござる」

「では、屋敷は大丈夫でございますので？」

「うむ。いやな、実は拙者も火事の直後に駆けつけて、母屋の無事はこの目で確かめてござるゆえ、ご安心なされよ」

「いやまこと、ようございました……」

ホッとしたのであろう。楢崎は小さく息を吐いて、顔をゆるませている。

その楢崎に、赤堀は優しく訊いてみた。

「やはりいつかは、あの赤坂の屋敷地を買い戻したいとお思いでござるか？」

「はい。今はまだ娘の薬代を払いますのに手いっぱいにてございますが、売ったままのあの金額《がく》で買わせてもらえるものならば、『頑張れば、いつかは……』と……」

そう言って楢崎は、少しく将来《さき》を夢見る風に遠い目をしている。

「楢崎どの」

と、赤堀はその楢崎の郷愁を破って、目付として、はっきりとこう言った。

「こたびは相対替えの詮議《せんぎ》ゆえ、こうして無礼を承知の上でお伺いせねばならぬのでござるが、貴殿が売ったその金額というのは、実際いかほどでござる？」

「六十両にてございました」

「え？　六十両？」

「はい」

「…………」

　あまりに安かろうと思われるその額に赤堀は絶句していたのだが、その「目付の絶句」を楢崎はどう思ったものか、話の先を自分から足してきた。

「一等最初は『庭の十坪と交換で、五十両』と、仲立ちの商人《あきんど》にはそう言われたのでございますが、こちらもやはり『娘に良い薬を……』と、それがための相対替えにてございますから、少しでも高うなればと思いまして……。もとよりたった十坪もらったところで、どうなるものでもございません。それゆえ『あと十両上げてくれれば、残すのは何坪でも構わぬ』と、こちらのほうからそう持ちかけましたので」

「なるほど、さような次第でござったか……」

　二百八十六坪もあった屋敷地を、たった六十両で売り渡したというのだから、よほど娘の薬代に切羽詰《せっぱつ》まっていたのであろう。そんな楢崎の足元を見る形で「五十両」だ「六十両」だと言ってきたのが、仲立ちの商人であったと聞いて、赤堀は今度はそこを掘り始めた。

「して、相対替えの仲立ちをいたした商人というのは、どこのどういった者でござろう？」

「私も、ようは判らないのでございますが、名は『堺屋伊左衛門《さかいやいざえもん》』と、そう申しておりました」

「『堺屋』と、屋号を名乗っておるということは、やはりどこぞに店を構えているのでござるか？」

「いえ。店は構えておらぬそうで」

「店はない、と？」

「はい。私もいざ相対替えをするにあたって、万が一にも手違いや喰い違いがあっては困りますゆえ、『何かの際にはどこに駆け込めばよいのか？』と、堺屋に店の在《あ》り処《か》を訊ねてみたのでございますが……」

こうした商売《あきない》にございますから、別段、店は構えておりません。ですが正規に相対替えが済みますまでは、毎日必ず一度は寄らせていただきますので、その際に何でもお申し付けくださいませと、そう言ってきたという。

「店もなく、こちらからはいっさい連絡が取れぬなどと、どうもいかにも胡散臭《うさんくさ》くはござらぬかな……」

思わず本音がポロリと出てしまったが、どうやら椙崎当人は、あまり気にしていないようだった。

「ああした『相対替えの口利《くちき》き』は、どうもそうしたもののようにてござりまする。実は私の同輩に、以前、堺屋の口利きで相対替えをいたした者がございまして、その同輩に紹介を頼み、私もいたしました次第で」

「して、そのご同輩は、どれほどの坪どうしで相対替えをなさったものか、ご存じでござるか？」

「同輩も先代よりの『平勘定《ひらかんじよう》』で家禄も同じでございますゆえ、うちと同様、三百坪まではいかぬことと存じます。けだし同輩の拝領屋敷は、大川《おおかわ》（隅田川《すみだがわ》）を渡った先の深川《ふかがわ》で、城からはいささか遠うございましたゆえ、交換先の飯田町《いいだまち》の屋敷地のほうは、幾分か狭《せも》うなったそうにてございました」

飯田町ならたしかに江戸城からも遠くはないゆえ、大川《かわ》向こうの本所《ほんじょ》や深川といった遠方から毎日通勤することを考えれば、少しぐらい屋敷地が狭くなっても、構わないというものであろう。

地価が違えば、坪数が少なくなるのは当然のことである。

つまりは話を聞くかぎり、その同輩の相対替えにかぎっては正当なものといえそうであったが、その一方で堺屋は、こたびの竹井五郎兵衛のようにきわめて胡散臭い輩《やから》であっても、平気で「相対替えの相手」として紹介するということなのであろう。

その節操《せっそう》の無さが、どうにも「悪徳商人」のにおいを芬々《ふんぷん》とさせていた。

「その堺屋伊左衛門でござるが、歳はどれほどの者にてござろう？」

「おそらくは、まだ四十にはなりますまい。武家の我らを客といたしておりますゆえか、髪や服装《すがた》を大店の主人《あるじ》の風に拵《こしら》えて、いかにも頼りがいのあるように年嵩《としかさ》に見せてはおりましたが、あれはやはり三十も半ばがいいところかと……」

「なるほど……。いやな、楢崎どの、どうもその堺屋のごとき輩に勢いづいて商売《あきない》をされてしまうと、やはりあれこれあちこちで幕臣武家が足元を見られて、泣かされることにもなろうゆえ、このままに放っておく訳にもいかぬのでござるよ」

赤堀は、いかにも赤堀らしく正直なところを語って聞かせると、つと人懐《ひとなつ》っこい顔で身を乗り出して、こう言った。

「ご無礼を承知で、ちと立ち入ったことをお訊ねいたすが、やはり堺屋には口利き料のごときは、お支払いになられたのでござろうか？」

「はい。どちらからも『五両ずつ』と、端から決まっておりますそうで、おそらくは竹井さまも私と同様、やはり五両を払われたものかと」

「『五両』といえば、実に一割方《いちわりがた》も取られた勘定にござるが、それでもなお、堺屋を使われた、と……？」

「はい……」

と、楢崎はうなずいて、心なしか目を伏せた。

「まあ、いささか娘の薬代を作りますのに、先を急いでございましたし、同輩からも『口利き料に五両かかる』と、聞いてはおりましたので……」

たぶん今では自分でも、堺屋や竹井に「いいように鴨《かも》にされた」と、はっきり気づいているのであろう。

その楢崎に、よけいに口惜しさや情けなさを感じさせてしまったと、赤堀は急いで話を足して、こう言った。

「ご同輩も五両であったということは、おそらく屋敷地の広さによって、口利きの代を定めておるのでござろうな」

「さようにございましょう。これがお大名家の相対替えでありましたなら、おそらくは何十両、何百両と、せがむのやもしれませぬ」

「まことに……」

そう言ってうなずいて見せたが、これ以上は話を続ければ続けただけ、楢崎を傷つけてしまいそうである。

目付方《こちら》の調査《しらべ》に協力して、あれこれと隠さず何でも話してくれたことに改めて礼を言うと、赤堀は早々に楢崎のもとを後にするのだった。

四

「どうだ、与一郎。聞こえておったか？」

赤堀が、供をしていた高木与一郎に向けてそう訊いたのは、城へと戻り始めた時である。今、高木は、赤堀が乗っている馬の口を取って歩いていた。

「はい。逐一《ちくいち》、聞こえておりました」

赤堀が「聞こえていたか？」と訊いたのは、ついさっきの楢崎との会話の一部始終である。あの親戚の屋敷の客間で、赤堀は楢崎と二人きり余人《なか》を入れずに話していたのだが、その座敷の外を守りながら、高木は廊下で室内の会話に耳を澄ませていたのだ。

「して、どうだ？　そなた、あの『六十両』を相場と見るか？」

ずばり早くも核心を突いてきた赤堀に、高木は正直に、首を少し傾げて見せた。

「地代はどうも難しゅうございますゆえ、ようは判りませぬが、三坪もらった分を差し引きましても、二百八十三坪あって六十両では、やはり『足元を見られて買い叩かれた』と見て、よろしいものかと」

「さようさな……」

他人事《ひとごと》ながら、楢崎の無念を思って、赤堀はため息をついた。

「けだし、その六十両だが、はたして竹井に金の用意ができたか否かと考えるという と、やはり胡散臭《くそ》うてなあ……」

「さようでございますね。番町の竹井家の屋敷の近所で聞き込みをいたしましたかぎりでは、とてものこと、六十両もの大金を貯め置くことのできるような男ではござりませぬ。誰ぞ背後《うしろ》に金主《かねぬし》のごとき人物がおり、竹井に命じて湯屋をやらせたのではございませんかと……」

「それよ。第一、湯屋を開くにあたっても、おそらくは相当な費用《かね》がかかろうゆえな」

「まことに……」

高木も大きくうなずいていたが、つと先を続けて、こう言った。

「その湯屋の話にてございますのですが、ちと私、やはりどうにも納得のいかぬことがございまして……」

高木が急に言い出したのは、赤坂の屋敷地の近所で聞き込みをした、その内容《なかみ》のことだった。

「もとより火事の後にてございましたし、まずは私が一番に知りとうございましたのは、あの湯屋が日頃はどういった風であったのか、どういう客が出入りをいたしていたものか、そういったあたりのことでございまして……」

だが近所の武家をまわってそういったことを訊ねても、「まさかあそこに湯屋なんぞがあったとは、火事があるまで気づかなかった」と言うばかりで、ただの一人も湯屋については話してくれなかったという。

「あんな武家地の直中《ただなか》に、それもいささか異様なにおいのする薬湯の湯屋があるというのに、近所が誰も気づかぬなどということがございましょうか？　第一あのあたりのご妻女たちは、皆もとの楢崎の一家のことは、こちらが何もきかぬうちから『本当に良い方々ばかりだった』と盛んに話してまいりますので……」

つまりは楢崎一家のいたあの屋敷地に興味がないはずがなく、窓から生薬のにおいのする蒸気も出ていたであろう湯屋の存在に気づかぬ訳がないのである。

「してみると、近所はみな知っていたのに隠しておったということか……」

「はい、まことそうとしか思えませんので」

高木は馬を引きながら、先を続けた。

「『屋敷地で湯屋を営む』のが幕府の禁に触れますことは、武家ならば誰でも知っておりましょうし、以前《まえ》の住人の楢崎家に好意を抱いているその分だけ、よけいに竹井が湯屋なんぞを開けば、近隣は厳しい目を向けましょう。それがなぜ、ああして見事に誰一人として、我ら目付《めつけ》方に言いつけようとする者が出なかったものか……」

「便利に使《つこ》うておったのやもしれぬぞ」

「え？　湯屋を、でございますか？」

「さよう」

馬上を振り返ってきた高木に、赤堀はうなずいて見せた。

「つい先ほども楢崎どのが、『薬の湯があったのなら、娘に湯治をさせたかった』と言うておられたではないか。ほかの武家《いえ》とて湯治をしたき者はおるであろうし、第一、別に『病《やまい》』という訳でなくとも、身体に良い薬湯の湯屋があれば浸かりたい者は多かろうて」

そうして便利に湯屋を使っていたのであれば、こたびこうして火事になり、幕府に湯屋の存在がばれたとしても、「実を申せば以前から、不審に思っておりました」などと言いつけることはできない。武家地に湯屋は許されないと知っていて、それでも通っていたとあっては、幕臣として面目が立たないからだった。

「さすれば、赤坂の町場で聞き込みをいたせば、薬湯の湯屋の実態が知れるやもしれませんね……」

町場に住み暮らす町人たちには、幕臣武家に課されているような湯屋に関する規制はないため、武家地のなかにあったあの湯屋に通っていたとしても、何の問題もないのである。

あの湯屋はめずらしい「薬湯の湯屋」であったのだから、町場にもその存在が知られていた可能性も高く、湯治に通ってきていた町人などもいたかもしれない。そうした者らを町場のなかで見つけ出して、話を聞けば、あの湯屋の実態が判るであろうと思われた。

「今宵より、ちと私『中間』にでも化けまして、赤坂の酒場をまわって聞き込んでまいりまする」

高木は早くも張り切った顔を、馬上の赤堀へと向けてきた。

「おう、そうしてくれるか」

「はい」

「なれば、こちらは相対替えを許可する側がどうなっているものか、そちらの実態を調べてまいろう。こたびがように『たった三坪で相対替え』などと、かような交換がまかり通ってしまっては、この先も胡散臭い相対替えが増えようからな」

「まことに……」

どうやらこの一件も、ようやく先の調査《しらべ》に目処《めど》がついてきたようである。

少しく顔を明るくさせながら、赤堀ら二人はまずは城へと帰っていくのだった。

五

赤堀の言う「相対替えを許可する側」というのは、『普請方』であった。

普請方というのは、役高・二千石の普請奉行二名が長官となって、石垣や堀、橋といった幕府の土木工事を行う役方である。

だがもう一つ、普請方には土木とは趣《おもむき》の違う任務があり、俗に「屋敷割り《やしきわ》」呼ばれる幕臣武家に屋敷地の拝領分配をしたり、実際に屋敷地の受け渡しをしたりする役目が課せられていた。

こたびのような相対替えの場合も、竹井・楢崎双方から普請方へ向けて、「両者で、かように合意をしたので、相対替えを認めて欲しい」旨《むね》、願書が出されているはずで、その内容が「三坪と二百八十六坪との交換」であるにも拘《かか》わらず、何の問題視もせずに許可されてしまったということなのだ。

なぜそうした尋常ではない相対替えにも許可が下りてしまうのか、目付方のなかでその実態を知っていそうな人物といえば、それはもちろん牧原佐久三郎である。赤堀は「ご筆頭」の十左衛門にも相談のうえで、牧原に助力を頼んだのであった。


「『三坪と、二百八十六坪』にてございますか……」

目を丸くしているのは、牧原佐久三郎である。

今、赤堀は「ご筆頭」にもお出でを願い、三人で目付方の下部屋で話し始めたところである。十左衛門はすでにあらかたの報告を受けているため、「わずか三坪」に驚いているのは、牧原だけであった。

「十坪・二十坪の相対替えなら、『御用部屋』の皆さまに宛てて相対替えの願書が出されているのを、幾つか見たこともございますが、『三坪と二百八十六坪』なんぞという酷《ひど》いものは、さすがに……」

「なれば牧原どの、やはり最後はこうした相対替えの書状なども、御用部屋の皆さまの手元《もと》に残るという訳でござるな」

そうしてあれやこれやと諸方から出されてくる御用部屋への書状に、牧原の前職であった奥右筆組頭は、毎日すべて目を通すという訳である。やはり奥右筆組頭というのは大変なものだと、赤堀が改めて感じ入っていると、前でその牧原が赤堀に答えて言ってきた。

「それがまた『最後』という訳でもございませんで、御用部屋《おへや》の皆さまのご照覧《しょうらん》は、あくまでも内々《うちうち》のことにてございまして……」

「内々とな？」

赤堀より先に横手から訊いてきたのは、十左衛門のほうである。

「なれば、相対替えのごとき幕臣への『屋敷割り（土地配分）』は、普請方が精査して決めておる訳ではなく、御用部屋の皆さま方がまずは願書を受け取って許可《ゆるし》を出して、それを普請方に下ろしているということか？」

「いやそれが、そういう訳でもございませんので……」

申し訳なさそうにそう言うと、牧原は先を続けた。

「まずは『普請方』が願書を受け付けまして、それを内々の形で御用部屋の皆さまに見ていただき、『いいだろう』ということになりますと書状はいったん戻されまして、改めて『普請方』より正式な願書として出されてまいりました」

「何だな、それは……」

下らん、と言いたいのであろう。見れば、十左衛門は、いつになく不機嫌そうに、眉間に皺を寄せている。

すると今度は赤堀が、場をまとめるように言い出した。

「都合、二度ずつ、普請方と御用部屋の皆さまが目を通されるということにてございますな」

「はい。おそらくは、それがよろしゅうないのではございませんかと……」

どちらにしてもまた再度、自分のところへ戻ってくる書状だと思えば、どうしても見ようが甘くなる。おまけに幾度も往復する書状ゆえ、せめて内容は簡略化して必要最小限なことだけ書くようにと、「内済金として、どちらが幾ら金を払ったか」ということなどは、記載せずともいいようになってしまっているのだ。

「たった三坪で相対替えの許可《ゆるし》が出てしまいましたのも、『どうで内済で金を支払《しはろ》うて、双方合意の上なのだから……』と、御用部屋の皆さまは双方の坪《つぼ》数の差などは、いっこう気になさってはおられぬからで……」

「万事、何でも『内々に、内々に……』と、上《うえ》つ方《かた》に内諾《ないだく》を得ようとなどいたすゆえ、こうしたことになるのだ」

不機嫌に言い出したのは、十左衛門である。

「やはりこの機に普請方には、おのれの職務に責任《せき》を持って、『これは許す』、『これは許せぬ』と、願書の是・非を毅然《きぜん》として分けるよう、指導をいたさねばならぬな」

「いや、まことにございますな」

赤堀は大きくうなずいた。

「こたびの一件が相済みました暁《あかつき》には、上つ方へも『相対替えのご詮議の見直し』を上申せねばなるまいと、正直、思うておりました」

「なれば『普請方』だけではなく、『屋敷改め《やしきあらため》』のお役番《やくばん》のほうにも、てこ入れをなさいましては？」

横手からそう言ってきたのは、牧原佐久三郎である。

屋敷改めというのは、今から百年以上も昔の幕府創成期に、幕臣たちが皆それぞれ家の格に見合った形で江戸市中に屋敷地が持てるよう、その拝領の配分を担って臨時に創られた職である。

臨時のお役目であるから、『〇〇方』という風に独立した役方が設けられている訳ではなく、『書院番方』から二名、『小姓組番方』から二名と、いわゆる出役《しゅつやく》の形で構成されていた。

だが実際は、今では拝領屋敷地の分配は『普請方』が請け負っており、おまけに普請方と書院番や小姓組番は、支配の筋もまったくもって異なるため、妙な形に二重支配となっていた。

普請方の長官である普請奉行は、役高が二千石。対して屋敷改めに出役されるのは、役高・三百俵の書院番士や小姓組番士である。

普通であれば、容易に下役めいた立場になるか、もしくは仕事のすべてを普請方に任せてしまい、出役である自分たちは「屋敷改めのお役を辞す」という流れになるのが当たり前なのであろうが、書院番や小姓組番は「上様の親衛隊《しんえいたい》」で、家柄の良い者ばかりが集められているため、そう簡単に消えてはいかなかったのである。

「もとより昔、最初に幕臣たちの屋敷割りをいたしましたのは、『屋敷改め』のほうにてござりまする。代々の記録の蓄積もございますゆえ、江戸市中の屋敷地の拝領の具合をつぶさに把握しておりますのは、屋敷改めにてございましょう」

「なるほどの……。なれば牧原どのの申されるよう、この先の指導をするなら、普請方と同様に屋敷改めにもいたさねばならぬな」

「はい」

牧原と十左衛門は話の先を続けていたが、その横で一人、赤堀小太郎だけは他のことを考えていた。

今、牧原から聞かせてもらった「屋敷改め」の話に、胸がざわついてきてどうしようもないのである。とにかくすぐに、今の屋敷改めがどんな四人であるのか調べねばならないと、赤堀は早くも配下の手配を考え始めるのだった。

六

「いやな、正直、何の確証もないのだ。だがいわば一介の商人に過ぎぬ『堺屋』が、なぜそれほどに幕臣武家の屋敷地に詳しいものか、その答えがくだんの『屋敷改め』にあるような気がいたしてな……」

赤堀が高木を下部屋に呼び出したのは、翌日の午後のことだった。

それまでの間に赤堀は、今の屋敷改め四人について、名や歳やどれほど前から屋敷改めの任に就いているのかなどを、あらかじめ調べておいたのだが、その書付《かきつけ》を広げて、今、高木に見せているのである。

畳の上に広げられたその書付を喰い入るように見つめて、高木は言った。

「こうして四人、改めて並べてみますというと、屋敷改めの任に選ばれておりますのは、誰も皆、家禄が千石を越える家格の番士たちばかりでございますね」

屋敷改めは書院番士や小姓組番士の出役で、役高というものがない。つまりは役高・三百俵の番士の禄のなかで、勤めに掛かる諸費用をすべて賄わなければならず、したがって幕府も、比較的家禄が高く生活《くらし》に余裕のありそうな番士を選んで任じているようだった。

「いやまこと、この『谷垣丈之進《たにがきじょうのしん》』という御仁《ごじん》などは、ご家禄でいえば、二千三百石ものご大身の番士ゆえな……」

赤堀が指差した「谷垣丈之進」は二十三歳の小姓組の番士で、実に二千三百石もの大身旗本家の当主である。そんな大身の旗本が、どうしてたった三百俵の番士のお役に就くのかといえば、書院番士や小姓組番士たち将来の出世を目指す旗本にとっては、そこが最初の振り出しであるからだった。

「谷垣さまが屋敷改めの任に就かれたのは、つい半年ほど前でございますから、さすがに、まださほどには幕臣の屋敷地の事情に詳しくないやもしれませんね」

「ああ。それにまあ、何といっても若すぎる。くだんの楢崎どのの話によれば『堺屋伊左衛門』というのは、三十も半ばほどにはなる商人だそうだから、十歳《とお》以上も歳下の谷垣どのと手を組むというのは、ちと考えづらかろうな……」

「『手を組む』と申されますのは、屋敷改めの知る拝領屋敷地の内情を堺屋に横流しして、そのなかから堺屋が『これ』と目をつけた幕臣武家に相対替えの話を持ちかける、という流れの悪事にてございますね」

「さよう。こたびの楢崎どのが一件のように、場合によってはその武家の弱みにつけ込んで、法外な地価《ね》で買い叩いたり、いいように口利き料を取ったりと、まあ商人と屋敷改めが手を組めば、儲《もう》けの口は幾らでもあろうゆえな」

「まことに……」

　高木も大きくうなずいていたが、つと目を上げて、訊いてきた。

「けだし赤堀さま、何ゆえに普請方の人間《もの》ではなくて、屋敷改めがほうにお目を付けられましたので？」

「いやな……」

　少しく苦笑いの顔になり、赤堀は何と言おうか、言葉を選んでいた風であったが、それでも説明をし始めた。

「『屋敷改めの職ができた』という百年も昔の話を伺《うかご》うておるうちに、どうも何だか、哀れなような気がいたしてな……」

「『哀れ』でございますか？」

「ああ……」

と、赤堀は、少しく遠い目になった。

「おそらくは二代・秀忠《ひでただ》公が、書院番ら親衛部隊のなかから気に入りの番士を選ばれて、『幕臣みなが江戸市中に住めるよう、屋敷割りを頼む』とお命じになられたのであろうが、その当時は上様より直々《じきじき》で命《めい》を受けた誉《ほま》れの職が、百年経った今となっては『半端《はんぱ》な出役』として、普請方から煙たがられているのやもしれないと思うたら、世を拗《す》ねて金儲けに走るというのも、まあ有り得る話か、とな……」

そう思って赤堀は、まずは『普請方』ではなく『屋敷改め』のほうから探ってみようと、歴代の屋敷改めについて名や出自などが記載された名簿を調べていたのだが、そのなかに一人だけ、知己の名前を見つけたのである。

「六年前まで屋敷改めを勤めて、そこから『小十人頭《こじゅうにんがしら》』となられた御仁でな。かつてはこちらも同輩として、小十人頭を勤めていたゆえ、『あの御仁であれば、屋敷改めを勤めておられた当時のことについても、腹を割って話してくださるに違いない』と、昨晩ちとお願いをいたして、お屋敷をお訪ねしたのだ」

名を「兼平健史郎《かねひらけんしろう》」というその小十人頭は、赤堀とは一つしか違わぬ同年配で、お互いに小十人方にいた頃は親しく酒食をともにすることもあるほどの仲であったため、赤堀の急な訪問にも快く応えてくれたのである。

「牧原どのが言われていた通り、江戸市中の屋敷地の拝領については、やはり普請方より屋敷改めのほうが断然に詳《くわ》しいそうでな。相対替えの願書なんぞも、まずはたいてい屋敷改めがほうに出されてくるそうで、『このままでは幕府の許可が下りますまい』などと、内々にあれこれ助言もするらしいのだが……」

とはいえ、いざ正式に願書を出すという段になると、やはり普請方を通さねばならない。願書を出してきた武家《もの》らの力になってやろうと、あれやこれやと教えたり、手配をつけてやったりしても、結局、最後は普請方に手柄を持っていかれるようで、あの当時はいろいろ不満もあったものだと、赤堀を相手に兼平は笑っていたという。

「そも普請方は、屋敷地拝領の管理より、普請案件《ふしんごと》の手配のほうが主たる仕事であるから、必定、屋敷改めのほうに願い出も集まるのであろうが、屋敷改めのお役はあくまでも『出役』で、そもそもは平《ひら》の番士ゆえな」

「さようでございますね。お役高三百俵の書院番士や小姓組番士では、御用部屋まで直接に届出《とどけ》を出せる訳ではござりませぬし……」

「うむ。『屋敷改めという職は、面倒なわりには張り合いの感じられないお役だ』と、兼平どのも申されておってな。その鬱憤のごときが、こたびは悪い方向に動いてしまったのやもしれぬ」

「はい……」

と、高木も大きくうなずいて、先を続けた。

「では、赤堀さま。とりあえず『任に就かれてまだ半年の谷垣さま』は調査《しらべ》の対象《あて》から外しまして、ほかの三人を、まずは調べてまいりまする」

「うむ。なれば二人目、このもう一人の小姓組、『向井俊一郎《むかいしゅんいちろう》どの』という御仁《ごじん》だがな……」

「はい」

はっきりと気持ちが定まった二人は、再び畳の上に広げられた書付に、頭を寄せるのだった。

七

赤堀が二番目に口にした屋敷改め「向井俊一郎」は、小姓組番士になって八年目、屋敷改めの出役を任じられて四年目の、二十五歳の番士であった。

家禄は千五百石で、二千三百石の谷垣と比べれば、多少は見劣りもする。

だがやはり大身旗本の幕臣らしく、十七で、父親が当主であるうちに向井家の嫡男として小姓組に番入りし、「ただの番士」を四年間、「出役として選ばれて」屋敷改めを四年間と、まあ順調に出世街道を進んでいるほうなのではないかと思われた。

だが残る二名の屋敷改めは、向井や谷垣とはいささか風を異とする者たちであった。

書院番士である「永野高志郎《ながのこうしろう》」は家禄千二百石の三十五歳で、書院番方に番入りしたのは十二年前の二十三歳の頃、屋敷改めとして出役してから、もう六年も経っている。

書院番士から上を目指していくのなら、すぐに平《ひら》の番士からは脱け出して、役高千石の『書院番組頭《くみがしら》』に上がったり、同じく役高千石で歩兵隊の長官である『徒頭《かちがしら》』や『小十人頭《こじゅうにんがしら》』に就いたり、さらに気の利く人物であれば、同じ役高千石でも『使番』に任命されたりと、動いていかなければならない。

華々しい出世街道を進むには、すでにもう、ギリギリの年齢といってもよかろうと思われた。

対して、最後の一名は、今年で三十九歳になったという「小倉久右衛門《おぐらきゅうえもん》」である。

小倉は家禄千石高の旗本で、親から家督を継いだのが遅かったためもあり、書院番方に番入りしたのは、二十九になってからだそうである。番士となってちょうど十年、屋敷改めの出役を任じられてから も五年が経ち、正直、出世を目指すには遅すぎであろうと思われた。

将来《さき》に希望を持てないという点からいえば、この小倉が一番に「やさぐれて悪さをする」可能性が高い。

赤堀と高木は、まずは「小倉久右衛門」と「永野高志郎」の二名に絞って、尾行や張り込みの調査の人員を手配した。

そうして高木自身は数人の配下とともに「小倉久右衛門」のほうについてまわって、動向を探っていたのだが、小倉が非番《ひばん》（休み）で自宅屋敷にいたある日のこと、小倉家の屋敷の出入りを見張って近くの辻番所に隠れていると、その高木のもとに、配下の小人目付の一人が駆け込んできた。

「おう、三橋《みつはし》ではないか？　どうした？」

「はい……」

と、返事をしながらも、小人目付の三橋は板戸の陰に隠れて、外の通りを見張っている。その三橋に合わせて高木もそうっと眺めていると、自分たちのいる辻番所の前を、商人風の男が一人、通り過ぎていった。

「…………！」

声にこそ出さないが、三橋はどうやらこの商人を追いかけて、ここまで来たようである。そのまま息を殺して商人の行く先を確かめていると、小倉家の正門脇の潜《くぐ》り戸を叩いて、門番に訪《おとな》いを入れているようだった。

ほどなく小倉家の潜り戸を抜けて商人の男が敷地内《なか》へと消えていくと、三橋はこれまでの経緯を話し始めた。

「今通った商人が、『堺屋伊左衛門』にてござりまする」

「えっ、まことか？」

「はい」

小人目付の三橋が高木の命《めい》を受けて探っていたのは、薬湯の湯屋や竹井五郎兵衛、そしてくだんの堺屋伊左衛門についてである。

目付方配下としてはよく使う手法なのだが、三橋は「酒好き、噂好きの渡り中間」を装って、赤坂の町場で幾日も探りまわっていたのだ。

「『あれが堺屋伊左衛門だ』と、顔見知りになった中間たちに教えてもらったのが、昨夜のことにてございました……」

それというのも三橋は、酒場で出会った男たちに、ちょこっと一杯、酒を奢《おご》ったりしながら、

「自分が今、奉公している先のお武家が相対替えをしたがっていて、堺屋という仲立ちを探しているそうなのだが、それがなかなか見つからないらしい。自分が見つけて紹介すれば、主人はたんまり小遣いをくれようから、堺屋を見かけたら教えてくれ」

と、そう皆に触れまわってみたというのだ。

そも堺屋伊左衛門は、幕臣武家の情報を集めようとしているらしく、奉公先の家への忠誠心が薄く、何かと口の軽い渡り中間たちを狙って、酒食を奢っては主家《しゅか》の内情を話させていたそうで、赤坂の酒場でも有名だったのである。

「昨日の晩は、堺屋が酒場の前を通りかかったところを『あれだ』と教えてもらいまして、そのままあとを尾行《つ》けたのでございますが、どうということもない安宿に入っていきまして、そこで一晩、泊まったようにてございました」

「して、今朝になり、あとを尾行けていた訳か？」

「はい。宿は赤坂からも遠くない麻布の谷町《たにまち》にあったのでございますが、その麻布で一軒、わりに大きな旗本屋敷に入っていきまして、一刻（約二時間）ほども費《つい》やしておりました」

やっと出てきたと思ったら、今度は結構遠くまで歩いて、ここ駿河台の小川町《おがわまち》まで来たという。

「こちらに高木さまがいらっしゃるのは、私も存じ上げておりましたので、『もしや』と思いながら尾行けてきたのでございますが、やはり今、堺屋が入っていったあの屋敷が『屋敷改め』の一人の……？」

「さよう。小倉久右衛門の屋敷だ」

「なれば、その小倉何某《なにがし》と堺屋が……？」

「うむ……。だが、よしんば小倉が何ぞか情報を流して、堺屋がそれを種に、武家に相対替えを勧めておったとしても、双方の武家たちに損失のごときがないならば、やはり『悪事』とは言えぬからな」

「さようでございますね……」

そんな会話《はなし》をしているうちに、堺屋は早くも小倉家の潜り戸を抜けて現れて、その堺屋のあとを追って三橋も辻番所を出ていったのだが、どうやら高木の予想は当たっていたらしい。

その後、高木と三橋で堺屋が立ち寄ったという麻布の旗本家について調べてみたのだが、ただ単に「極めて正当な相対替え」が行われていただけで、檜崎と竹井の一件のように不当な地価で買い叩かれたりすることも、幕府の禁を破るような真似を拝領屋敷地のなかですることもなかったのである。

のことだった。

八

その三橋との調べについて、赤堀が高木から報告を受けたのは、三日後の下部屋でのことだった。

「なれば、いっさい不正のごときはなかったということか？」

「はい。その麻布の武家は『富永《とみなが》さま』とおっしゃいまして、ご家禄のほうは四千石の『寄合』のお旗本。対して相対替えのお相手は、深川にお屋敷のございます、ご家禄八百石の『川浪《かわなみ》さま』でございまして……」

この川浪という旗本は、こたび役高千石の『徒頭』に就任することとなったため、城から遠い深川を不便に思い、通いやすい場所を探していて、それを屋敷改めの小倉に相談したところ、小倉が麻布の富永家を紹介してくれたそうだった。

「かねてより富永さまは『下屋敷』として使える土地を探しておられたのだそうで、『敷地の一部でいいなら交換しても構わない』と、結句、両家で相談をして、来月の相対替えを決めたそうにてございまして」

「で、堺屋は、どう関わっておったのだ？」

「互いの地価に見合うよう、実際にどれほどの広さを交換すればよいものかが、なかなかに判断が難しいそうにございまして……。その両家の擂り合わせの面倒な部分《ところ》を、小倉がかねてより知己の堺屋を紹介し、堺屋仲立ちのもと、こたびめでたく話が決まったそうにてございました」

「口利き料のごときはどうだ？　小倉や堺屋に、法外に吹っ掛けられたということはなかったのか？」

「はい。八百石と四千石の間を繋ぐ仕事でございましたので、堺屋のほうは相応に、川浪さまからは三両ほど、富永さまからは五両ほどを取ったそうにてございますが、屋敷改めの小倉がほうは『これはあくまでもお役目だから』と、両家が寸志《すんし》を渡そうといたしましても、頑《がん》として受けなかったそうで」

「なれば『小倉久右衛門』も、容疑のうちから外してよいということか……」

「はい」

「…………」

　小倉久右衛門という一幕臣が、悪事に手を染めていないということが判明したのは喜ばしいことなのだが、「今度こそ、この案件も解決か？」と変に期待してしまっただけに、正直、気落ちしているのもたしかである。

しばし何かを口にする元気も起きず、赤堀も高木も黙り込んでいると、外の廊下から声がして、襖を開けて小人目付の三橋が下部屋のなかへと入ってきた。

「おう、三橋ではないか。どういたした？」

赤堀が声をかけると、三橋は目を輝かせて報告してきた。

「竹井五郎兵衛の居所が判りましてござりまする！」

「えっ、まことか？」

「して、どこだ？」

赤堀と高木が同時に訊くと、三橋はいよいよもって嬉しそうな顔つきになった。

「屋敷改めの一人で『永野高志郎』と申す、家禄千二百石の旗本の屋敷内《うち》にてござりまする」

「おう！　やはり、屋敷改めであったか！」

「はい」

永野家の屋敷は、神楽坂《かぐらざか》の北側に広がる新小川町にある。

その永野家への人の出入りを、例によって見張っていた三橋をはじめとした目付方の配下数人が、ついさっき竹井の父親と竹井本人らしき二人が、永野家の門前で揉めているのを確認したのだ。

『揉めていた』というのは、どういうことだ？」

高木が話を詰めて訊ねると、三橋は勇んで説明をし始めた。

「『惚《ぼ》けている』とかねてより噂のあった竹井の父親と思しき者が、門番の静止の手を振り切って、ふらふらと潜り戸の外に出てまいったのでござりまする」

その父親を追いかけて、二人の中間と竹井五郎兵衛らしき男が潜り戸を抜けて現れて、ふらふらとどこかに行こうとする父親を捕まえて、無理やり屋敷に連れ戻そうとしていたのだ。

「したが、たしかに、それは竹井親子だったのか？」

今度は赤堀が訊ねると、

「はい」

と、三橋は自信たっぷりにうなずいてきた。

「間違いはござりませぬ。父親らしき者が最初に外に出てまいりました時に、門番の中間が止めようとして、『竹井さま』だの『ご隠居さま』だのと、幾度も声をかけておりましたので」

「さようか！　でかしたぞ！」

「いや、赤堀さま。これでようやく……」

いつもは常に冷静な高木与一郎も、めずらしく横から声を上げてきた。

「竹井親子を庇《かば》って、自家の屋敷にかくまっていたのであれば、これはもう、その『永野高志郎』が竹井と組んで、檜崎さまの屋敷を買い叩き、湯屋なんぞを開いて儲《もう》けていたに違いございません」

「さようさな」

赤堀もうなずいたが、つと前から気になっていたことを、三橋に訊ねてみた。

「して、三橋。くだんの薬湯の湯屋だが、入るに幾らかかったのだ？」

「大人で十文《じゅうもん》、子供は六文を取ったそうにてござりまする」

「普通の湯屋の相場は、たしか大人が六文で、子供が四文であったな？」

「はい……」

三橋は返事をしたが、役高千石の目付を勤める「赤堀さま」が、町場の湯屋の代金を知っていることに驚いたようである。

だが、そんな三橋を尻目に、赤堀は湯屋の儲けの勘定をし始めた。

「普通は六文のところを十文取ったとて、一日に百人、客が入って、千文の勘定だ。どうだ？　一日・百人も入ると思うか？　よしんば百人近く入ったとて、一ヶ月《ひとつき》で五両、六両という話だぞ」

幕府の禁を破ってまで商売をしようというのに、そんな程度の儲け金で、永野や竹井は満足できていたのであろうか。

「いや、さようにございますね……」

横で高木も言い出した。

「楢崎さまからあの土地を買い上げるのに六十両かけまして、そのうえに湯屋の普請だ、薪代だ、生薬だと掛かるのでございますから、おそらくは儲けなど、さしたる額ではないはずで……」

「そこよ。つまりは何ぞ六十両をかけてまで、あの土地でやりたいことがあったということであろう？　そういえばあの火事で、火消し組の皆が駆けつけてきた際に、湯屋の向こうにあった母屋から、男や女がバラバラと幾人か逃げ出していったというような話があったが、『あれ』はどうだ？」

「やっ、まことにございますな！」

興奮気味に、高木は大きくうなずいた。

「私、今の今まで母屋がほうは、湯上がりの客たちの休み処《どころ》と思うておりましたが、もしやして母屋《あちら》で遊女屋のような真似事を……」

「ああ。それに間違いなかろうな」

「ですが、赤堀さま」

と、横手から声をかけてきたのは、小人目付の三橋である。

「高木さまも私も、あの赤坂の町場では、あの湯屋がどういう風であったのか、散々に聞いてまわりましたが、さような噂はいっこうに……」

「いや、たしかにな」

高木与一郎が「赤堀さま」の代わりに、三橋に答えた。

「あれだけ訊いても、誰も一度も遊女屋の話なんぞはしなかったというのであろう？　だがそれは、たぶん世間に知られぬように、こっそりと客を取っていたからであろうさ」

「…………？」

三橋はまだピンとはこないようで、小さく首を傾げている。

その三橋に赤堀が答えて、こう言った。

「ほれ、ご大身の旗本だの、役付きの幕臣だのは、遊女を買いに岡場所に行きとうても、岡場所は幕府ご禁制で世間の目が怖いゆえ、なかなか遊びにもいけぬであろう？　むろん吉原まで出張っていけば大手を振って遊べるが、吉原は『ああだこうだ』と、しきたりが面倒ゆえな」

「なるほど……。なれば、金持ちの上客ばかりを顧客にし、ほかには内緒にしていたという訳でございますね」

「うむ。そのぶん『花代《はなだい》』を高うして、儲けておったのやもしれぬ」

「まこと、さようにございましょうな」

そう言ってうなずいている高木の横で、やおら三橋が立ち上がった。

「なれば私、急ぎ永野が屋敷に立ち戻りまして、万が一にも永野や竹井が逃げぬよう、監視をいたしてまいりまする」

「うむ。では与一郎、こちらも急ぎ捕縛《ほばく》の支度《したく》をいたそうぞ」

「ははっ」

一足先に飛び出さんばかりに出ていった三橋を見送ると、赤堀と高木も立ち上がるのだった。

九

家禄千二百石の屋敷改め「永野高志郎」と、家禄二百石の無役の旗本「竹井五郎兵衛」が、赤堀をはじめとする目付方の手によって捕まったのは、それから程なくしてのことである。

赤堀と高木がおおかた予想をしていた通り、竹井が楢崎に支払った六十両も、湯屋を開く準備金も、すべて永野が用意したようだった。

だが一つ、赤堀や高木たちが少なからず驚かされたのは、永野と竹井が親戚どうしだったことである。

とはいえ、しごく遠い姻戚関係で細々と繋がっているだけであり、それでも今から三年ほど前、永野家の親戚の集まりに竹井が手伝いに来ていた時に知り合って、意気投合したそうだった。

永野高志郎は大身で、書院番士のお役目にも就いてはいるし、歳も三十五歳と竹井よりは若く、妻帯もしている。だが書院番士は役高が三百俵で、千二百石もの大身武家が長く勤める職ではない。

すでに十二年も番士を勤めている永野は、出世するにはかなり立ち遅れていることもあって、出世の仲立ちとなってくれそうな知己に、片っ端から金を配る必要があったのだ。

一方、竹井五郎兵衛のほうはといえば、無役のまますでに三十九歳になっており、この先に何かのお役目に就ける希望などまったくない。

二十歳の頃に母親を亡くし、その五年後には父親が病持ちになって隠居をし、兄弟姉妹もいないから自分が家督を継いだのはいいのだが、父親が惚け始めてからというもの、嫁取りの縁談を持ち込んでくれる親戚縁者もいなくなってしまったのである。

そうして次第に世を恨んで、酒や女遊びで気を紛らわせていたところ、親戚の手伝いに出かけた先で、永野高志郎と出会ったという訳だった。

「いやしかし、これがちと健気《けなげ》にも思えるほどに、竹井は永野がこの先に出世するよう、本気で願ってやっておりましてな。湯屋や遊女屋からの儲けも、自分は少し良い酒が飲めるぐらいに分けてもらっているだけで、ほとんどを永野に渡していたそうにてございまして」

「ほう……」

そう言ったのは「ご筆頭」の十左衛門で、今、赤堀は下部屋に十左衛門と牧原とを呼んで、詳しい報告の最中であった。

「して、永野がほうは、そうした遠縁の竹井を便利に使《つこ》うておったのか？」

「いえ、さような訳ではござりませぬ」

やけにきっぱりそう言って、まるで永野を庇うかのように赤堀は先を続けた。

「大身の役持ちゆえ、自分では湯屋も遊女屋もできないからと、竹井に大いに感謝しておりましたようで、私が訊問《じんもん》の際、『どちらが先に主になって、禁制の湯屋や遊女屋を始めようといたしたのだ』と訊ねましたら、『すべて自分が思いついて始めたことで、五郎兵衛どのは手伝《てつど》うてくれていただけだ』と、懸命に庇うておりました」

「さようでござるか……」

十左衛門は、ちと思うところがあって、そのまま黙り込んでしまったが、その沈黙の穴を埋めようとしてか、牧原が横から口を出してきた。

「なれば赤堀さま、当初、我々が考えておりましたような『堺屋と手を組んでの悪事《あくじ》三昧《ざんまい》』のごときはなかった、ということで？」

「いやそこが、何ともこう、言いきれないところではあるのでござるが……」

いささか歯切れ悪くそう言うと、赤堀は「ご筆頭」と「牧原どの」を等分に眺めて話し始めた。

「永野はさほど肝の太い性質《たち》ではござらぬゆえ、こたびが一件のほかには、不正はいたしておらぬようにてございましてな。けだし赤坂のあの屋敷地では、湯屋ばかりではなく、やはり母屋で遊女屋のごときも営んでおりまして、そちらでは大身の武家や金持ちの町人を相手に、随分と稼いでおりましたようで……」

遊女への花代も、客の身分や金まわりの良さに合わせて、その都度、設定していたそうで、顧客の一人であった大身五千石の旗本などからは、指名の遊女一晩で、五両も取っていたという。

「大身武家の贔屓《ひいき》筋《すじ》のなかには、仲間うち幾人もで連れ立って、一晩貸し切りにする客らもおりましたそうで、そうした際には、一晩に何十両も儲けたそうにてございました」

「したが赤堀どの、そうして母屋の遊女屋で、たんと儲けが出るのであれば、何ゆえに湯屋なんぞを開いておったのだ？」

　横手から訊いてきた十左衛門に、赤堀は待ってましたとばかりに、身を乗り出してきた。

「『目くらまし』であったそうにてござりまする」

「目くらまし？」

「はい。三橋が町場にて聞き込んできたのでございますが、湯屋に来ていた者たちは、母屋に向かう金まわりの良さげな客たちを見て、『母屋《あちら》には上客用の、高価な生薬の入った湯舟があるのだろう』と、さよう噂いたしておりましたそうで」

「なるほどの……」

「ただの湯屋ではなく『薬湯』にてございましたゆえ、よけいに皆がそう思ってくれたのでございましょうね」

そう言ってきたのは、牧原佐久三郎である。その牧原に、十左衛門は大きくうなずいて見せた。

「永野が考えたものか竹井が考えたものかは判らぬが、いずれにしても、ようもこう悪だくみに頭が働くものだな」

「まことに……」

十左衛門と牧原がそんな話をしていると、

「ご筆頭」

と、つと横から赤堀が声をかけてきた。

「実はちと普請方に相談をばいたしまして、赤坂の屋敷地の価格が本当は幾らぐらいになるものか、見積りを頼んでおりまして……」

「おう！　なれば、その見積りに合わせて、楢崎の家にも相応に金が返されるという訳か？」

「はい。今はもう、永野高志郎も竹井五郎兵衛も、いたく反省をいたしておりまして、是非にも楢崎どのにお詫びして、金子のほうもお支払いいたしたいと……」

「…………」

と、とたんにむっつりと黙り込んで顔をしかめている「ご筆頭」の様子を見て取って、慌てて横から牧原が口をはさんできた。

「いや、それはようございました」

「まことに……」

赤堀はいかにも機嫌よく、大きくうなずいていたが、次の瞬間、つと目を下げて、こんなことを言ってきた。

「楢崎どのに非道をしたうえ、武家地で湯屋や遊女屋を開き、それがために火事まで起こしてしまったのであるから、永野も竹井も切腹のうえに御家も断絶と相成ることでござろうが……」

「はい……」

先輩の赤堀が、またも永野や竹井に同情しかけているのは見て取れるから、牧原も何をどう言えばいいのか判らない。

そうしてそれを、さっきから見て取っているのは筆頭の十左衛門も同じで、今まさに「赤堀どの」に対し、目付筆頭として説教をしようと考えている最中《さなか》であった。

永野や竹井の人生に気の毒なところがあったとしても、それに流され「可哀相《かわいそう》だ」と思うのは、やはり私情である。

目付はお役目を務める際、いつ何時も私利私欲に走ってはならないのは当然のことだが、こうした私情に流されることも、決してあってはならないのだ。

「赤堀どの……」

「はい」

こちらへと顔を上げてきた赤堀に、いざ説教をしようとしたその矢先、だが赤堀が口火を切って言い出した。

「永野と竹井の正式な御沙汰がどうなるかは判りませぬが、二人には『おのれがどれほど、酷《ひど》い心得違いをしていたか』について重々反省をいたすよう、申し付けておきました……」

不幸や不運が重なったとて、それを誰かに転嫁《てんか》して楽になっていいものではない。貴殿らが互いを想って庇い合うのは、まこと麗《うるわ》しきこととは存ずるが、それをなぜ楢崎どのにも分けてやれなんだものか……。

幕府より正式に沙汰があるまで、いかほどの時間《とき》が残っておるかは判らぬが、おのれらがいたした悪事を、それぞれにしっかりと胸に思うてお過ごしなされよと、赤堀は二人に言ってきたそうだった。

「いや、さようでござったか……」

「はい」

「…………」

ホッとして、十左衛門は口を噤《つぐ》んだ。

どうやら自分が「赤堀どの」に感じたものは、杞憂《きゆう》だったようである。

つと見ると、「牧原どの」も横にいて、やっと安心したらしく、微笑《ほほえ》むような顔つきになっている。

そんな仲間二人が嬉しくて、十左衛門も口元をほころばせるのだった。


永野高志郎と竹井五郎兵衛の二人に、「切腹のうえ、御家断絶」いう御沙汰が正式に下ったのは、それから十日ほどして後のことである。

罪状は、むろん「楢崎を喰い物にして、不当な相対替えを行ったこと」と、「拝領の武家地内で、ご禁制の遊女屋や湯屋を営んだこと」、また「そうでなくとも火事の起きやすい湯屋をして、その管理を怠り、結句、火事を出したこと」との三点であった。

ただくだんの堺屋伊左衛門については、竹井と楢崎の間を仲介して、双方からなかなかに高額といえる五両の口利き料を取ってはいたものの、「仲介業を行う商人としては、今のところ悪辣とまではいえないであろう」との幕府の判断で、そのままに捨て置くことと相成った。

一方そうした諸々の御沙汰を待つ間に、十左衛門と赤堀は、他の目付たちとも相談のうえで、御用部屋の老中方に宛てて意見書を上げていた。

相対替えの実態の酷さについて書き記し、改めて幕府より幕臣全体に「無理な相対替えを望まぬよう」、「私利私欲による相対替えを、武家として恥じるよう」にと訓示《くんじ》してもらうため、目付方より総意の形で上申したのである。

こたびの三坪の相対替えの事実があるゆえ、これは当然、上つ方の間でも懸案《けんあん》事項となり、きっとすぐにも何らかの「お回答《こたえ》」がいただけるかと皆で思っていたのだが、意外にも御用部屋からは何の連絡もない。

そうして結局、半月経っても、一ヶ月《ひとつき》を過ぎても、いっこうに「お返事」はいただけなかったのだった。

第四話　町場拝領

一

十左衛門ら目付たちが総意で上申した意見書に、御用部屋の老中方がなかなか回答してこないのには、理由があった。

実は今から一ケ月《ひとつき》半ほど前の七月十二日、四人いる老中のなかでは末席にあたる「阿部伊予守正右《あべいよのかみまさすけ》」が、病のため四十六歳で急死してしまったのである。

その穴を埋める形で、八月十八日、六十四歳の「板倉佐渡守勝清《いたくらさどのかみかつきよ》」が末席の老中に、五十一歳の「田沼主殿頭意次《たぬまとのものかみおきつぐ》」が老中格（老中見習い）として、老中方に入ってきた。

だがこの二名、板倉佐渡守と田沼主殿頭は『中奥《なかおく》』に長く勤めていた叩き上げで、上様よりのご信頼も厚いため、中奥の役人としては最高峰の『側用人《そばようにん》』にまで、出世した者たちであったのだ。

ことに老中格の田沼のほうは、いまだ中奥にも席があり、『側用人』と『老中格』とを兼任する形を取っている。

側用人というのは、『小姓《こしょう》』や『小納戸《こなんど》』といった中奥の役人たちを取りまとめるだけではなく、上様と御用部屋の老中方との間に立って、その取り次ぎをするのが仕事である。つまりはもし御用部屋にて老中や若年寄たちが、何ぞか問題視されるような発言や行為をしてしまった場合、それは直《ただ》ちに田沼の口から上様のお耳へと報告されるはずであった。

そんな不穏な存在が同席しての御用部屋であるものだから、どうにもこうにも居心地が悪くてたまらない。

今年で五十七歳となった老中首座《しゅざ》の「松平右近将監武元《うこんのじょうたけちか》」を筆頭に、次席《じせき》で四十五歳の「松平右京大夫輝高」、三席《さんせき》で五十一歳の「松平周防守康福《すおうのかみやすよし》」ら老中三名は、新規に入った四席と五席のいわば「無言の圧力」とでもいうものに、もうすっかりいつもの調子を乱されていたのである。

「おのおの方、ご用意はよろしいかの？」

そんな一同に声をかけたのは、首座の老中・松平右近将監である。

「なればこれより、かねてより懸案の『相対替え《あいたいが》』に関する上申について、話を詰めてまいろうと思うのだが……」

右近将監が取り上げているのは、例の目付方から総意で出された『相対替え』に関する意見書のことである。

実はもうかれこれ半月がところ、時折こうして議題として取り上げているのだが、何度取り上げて話しても、いっこうに「これ」という決着がつかない。そうでなくても難しい問題であるというのに、まともに発言をする者が、首座の右近将監と次席の右京大夫しかいなくて、話が前に進まないのだ。

そんな次第であったから、首座の「右近さま」に話を振られた次席の右京大夫も、正直、いささかうんざりとしているようだった。

「十左衛門ら目付方の出してまいった『あれ』のことにてございましたら、これ以上に話を詰めるのは、無理というものでございましょう。もはやこのまま捨て置くしかございますまい」

「したが右京どの、こたびばかりは三坪と二百八十六坪でござるぞ。これではあまりに酷《ひど》かろうて」

「まこと、三坪とともに渡された内済金のごときも、たったの六十両にてございましたゆえな。なれば、やはり『相対替えの願書』を作ります際には、必ずや内済の金額《がく》まで記すよう規制をいたせば、必定《ひつじよう》、やはり悪事のごときも随分に、しにくくなるものかと……」

右京大夫の発言は、内容に身があるわりには、投げやりな調子である。

それもそのはず右京大夫は今と内容の同じ発言を、すでにもう五、六回ほどは繰り返しているのだ。

いっこうに話が進まないその訳は、このあとの「いつもの流れ」にあった。

「いやな、儂《わし》も正直、右京どののご提案が、やはり何より最適であろうと思うのだが……」

右京大夫の意見のあとを引き取って、首座の右近将監もいつものように三席の周防守に話を向けた。

「周防どのは、いかがでござる？　先日に合議いたしたあれ以来、『お気持ちは変わらず』か？」

「はい……。やはりその、さように金子《きんす》のことまでを詳《つまび》らかにいたしてしまいましては、諸方より、かなりな苦情がまいりますものかと……」

蚊の鳴くような小さな声で周防守はそう言ったが、この意見も、右京大夫に言わせれば、耳にタコができるほどに聞かされている。

「さようでござるか……」

またも変わらぬ三席の回答《こたえ》にがっかりとしながらも、右近将監が次に意見を求めなければならないのは、四席の板倉佐渡守であった。

「いかがでござろう、佐渡どの。何ぞ、新しきご意見などはござらぬか？」

「はい……。何ぶんにも、屋敷の主《ぬし》が身銭を切って払うものにてございますし、そこのところを赤裸々に『すべて記せ』と命じましても、徒《いたずら》に諸藩や幕臣の反発を買いますものかと……」

「なれば、つまりは『ご意見がほどは変わらず』というところにてござろうが、主殿頭どのはいかがか？」

「申し訳もございませぬ。私も、佐渡守さまと変わらずにござりまする」

「相判った……」

つまりはまたも「二対三」の物別れで、相対替え問題の解決の手段は、老中方としては発表できないということであった。

「ふん！」

と、次席の右京大夫が自分の隣に座している三席の周防守に向かって、かなりあからさまな圧力をかけたようであったが、周防守は小さくなってうつむいて、それでも右近将監や右京大夫のほうに加担する様子はない。

おそらくは、上様に近い板倉と田沼が「内済金の記載」に反対をしているからで、もともとよりかなり心配性な周防守は、とりあえず中奥出身の二人のほうについておこうと、内心で決めたに違いなかった。

「なれば、また後日といたすが、皆よくよくと考えておいてくれ」

「ははっ」

こうしてまたも極めて不毛に、十左衛門ら目付方からの上申の回答は「先延ばし」にされるのだった。

二

御用部屋の上《うえ》つ方《かた》からの「ご回答」を待つ間にも、目付方にはいつものようにさまざまに、日々、新規の案件が持ち込まれていた。

そのなかの一つに、だが通常とはちと違う形で、目付部屋へと届けられてきた陳《ちん》情書《じょうしょ》があった。

　普通であれば、ただ単に「目付方」に向けて上申されてくるのだが、その陳情書に限っては「是非にも御目付方御筆頭《おごひっとう》の妹尾さまに……」と、十左衛門を名指しで届けられてきたのである。

　それゆえまずは他の誰にも知らせずに、十左衛門は自分一人で書状を読んでみたのだが、その内容は、実に深刻なものであった。

　もし本当にここに書かれた通りのことが行われようとしているのだとしたら、そのままに放っておく訳にはいかない。とにかく真偽を確かめねばなるまいと、十左衛門は、急ぎ徒目付の本間柊次郎を呼び出して、下部屋で話し始めた。

「では、『表台所方《おもてだいどころかた》』の下役が陳情を……？」

「さよう。儂《わし》あてにこれを送ってきたのは、横山《よこやま》と笹川《ささかわ》と申す『表台所小間遣頭《こまづかいがしら》』二名なのだ」

「えっ、『小間遣頭』なのでございますか？」

「ああ」

「…………」

　本間が絶句するのも当然といえば当然で、たとえば何か『表台所方』から『目付方』に陳情のごときがあったとしても、普通なら、それは長官である『表台所頭《がしら》』が署名のうえで提出されてくるはずで、下役の者たちだけで上申されてくるものではないのである。

表台所方というのは、勤務のために登城してきた幕臣たちに、朝・昼・夕と折々に賄《まかな》いの食事を提供するのがその仕事で、本丸御殿内の一画にある台所で、日々、調理や配膳、片付けなどに立ち働いている。

役高二百俵の『表台所頭』三名を長官に、役高百俵四人扶持の『表台所組頭』四名、その下に役高四十俵の『表台所人』が六十八名いた。

実際に主立《おもだ》って調理をするのは、表台所人たちである。

その台所人らを指揮して、四人の組頭も交替で台所に立っていたが、城に勤める幕臣はとてつもない数なため、組頭や台所人たちを補佐して雑用をこなす『表台所小間遣』と呼ばれる下役の者たちが、百三十五人もいた。

この百三十五人もいる『表台所小間遣』たちを取りまとめているのが、定員四名の『表台所小間遣組頭《くみがしら》』であり、さらに全体を統括しているのが、書状に記名のある「横山」と「笹川」という二名の『表台所小間遣頭』なのである。

役高は、横山ら『小間遣頭』が三十俵二人扶持、その下の『小間遣組頭』が二十俵で、平《ひら》の『小間遣』たちが十五俵一人半扶持と、まことにもって微禄といえて、こうしたごく下役の者たちが上役の署名もなしに目付方の筆頭に向けて陳情してくることなど、異例中の異例であった。

「して、ご筆頭。陳情の筋《すじ》というのは、どういった代物《しろもの》で？」

「これだ。ちと、そなたも目を通してくれ」

「はっ」

十左衛門から受け取って読み始めるやいなや、

「いや、これは……」

と、本間柊次郎は険しい顔で目を剝《む》いた。

「なれば大奥が、この者らから『屋敷地を取り上げる』ということで？」

「うむ。そうであろうな」

大奥で『表使《おもてづかい》』という要職を勤める御女中《おじょちゆう》が、深川の清住町《きよすみちよう》にある自分の拝領地と、神田明神下《かんだみようじんした》にある「横山」ら表台所小間遣たちの拝領地とを交換して欲しい旨《むね》、幕府に願い出ているというのだ。

だがおそらく「願い出て」というのは、形ばかりのものだろう。大奥が願い出て、それが表台所方の横山たちにまで知らされてきたということは、「すでに、ほぼ決定の事項である」と見てよかろうと思われた。

「ですが、台所方の下役《もの》らの屋敷地といえば、その名もたしか『御台所町《おだいどころまち》』とつけられているほどにてございましょう？　さように大昔から先祖代々、拝領を受けております屋敷地をよこせとは、大奥の御女中とはいえ、ずいぶんとご無体《むたい》な……」

「神田明神下の御台所町といえば、なかなかに賑《にぎ》やかで、『拝領の町場』としては皆の欲しがるような場所ゆえな」

十左衛門が口にした「拝領の町場」というのは、正式には『拝領町屋敷《まちやしき》』と呼ばれるもので、普通であれば屋敷地は「武家地」のなかにしかもらえないところを、一定の役職の者だけは特別に、町人たちの住み暮らす「町場」のなかにもらえているのである。

おまけに、この『拝領町屋敷』に限っては、屋敷地内を誰に貸してもいいことになっている。通常の「武家地」内に屋敷地を拝領した場合、貸す相手は幕臣か陪臣、医者や学者などと厳しく定められていて、町人に貸しているのが幕府にバレれば処罰されるというのに、拝領地を町場にもらった場合だけは、「そこで商売をするような町人に貸しても構わない」ということになっているのだ。

この「町人に貸せるか、貸せないか」という違いは、幕臣武家にとっては注目すべき差異であった。

　実際、借り手を幕臣や陪臣、医者などと限ってしまうと、貸家や貸地を借りに来る新規の客など、ほとんどいないというのが現状である。おまけに普通、屋敷地として拝領できるのは、根本的に人通りの少ない閑静《かんせい》な武家地のなかなのだから、いよいよもって、なかなか借り手など見つからなかった。

　だがこたびの神田明神下のような、町人地として繁華な町場のなかであれば、貸し店《だな》を借りて商売をしたがる町人が幾らでもきてくれるから、空き家や空き店になってしまう心配などほとんどない。

　対して深川の清住町は、大川を渡った先のいわば新興住宅地のような地域であり、神田明神の門前町として昔から栄えていた神田明神下に比べると、拝領の町場としては、たしかに数段、落ちるといえた。

「やはりその大奥の御女中といたしましては、賑やかな神田明神下に貸し店の幾つかでも建てまして、その貸し代で、たんまり稼ごうという腹なのでございましょうか」

「まあ、さようなところであろうが、追い出される台所方の者らの身になれば、とてものこと納得のできる話ではないゆえな」

「はい。毎日の勤めで江戸城《しろ》に通おうにも、深川から歩いてまいりますのでは、とんでもなく時間《とき》がかかりましょうし……」

「さようさな」

明神下の台所方の屋敷地と、深川の御女中の屋敷地とでは、おそらく地価も広さもまるで異なるのであろうから、実際に、どれほどの広さどうしで交換になるのか判らない。

「まずは神田明神下の様子を見に参って、この書状の横山なり、笹川なりの屋敷を訪ねて事情を訊かねばなるまいな」

「はい。なればさっそく、手配をいたしてまいりまする」

「うむ。頼む」

それからほどなく十左衛門と本間柊次郎は、ごく少数の配下を連れて神田明神下の御台所町へと向かったのだった。

三

表台所小間遣らの住む神田明神下の御台所町は、外堀に架かる昌平橋《しょうへいばし》を渡ってすぐの、湯島《ゆしま》の町の続きにあった。

急ぎ本間が下調べをしてきた話によれば、このあたりは昔、幕府が開かれたばかりの頃には、幾つもの寺社が軒を連ねる寺社地であったそうである。

だが今から百年あまり前の「明暦《めいれき》の大火」（一六五七年）で、ここを含めた江戸市中の大半が焼け落ちてしまったため、幕府は江戸市中を防災に強い町にするべく、新たに江戸の町割《まちわ》り（都市計画）を行って、できるだけ寺社地を江戸の郊外へと移したそうだった。

「このあたりの小さな寺も、その際に移転をいたしましたようで、跡に造られました湯島の町場に続く形で、神田明神下の御台所町も造られたそうにてございまして」

「なるほどの……」

本間の話に感心して、十左衛門は馬上でうなずいた。

あの下部屋での会談《はなし》の後、出発するまで幾らも時間はなかっただろうと思うのに、本間の調べはなかなかに、しっかりとしたものである。

今、十左衛門は御台所町に向かう途中で、本間に自分の馬の口を取ってもらいながら、話を聞いていた。

「なれば、都合、百年も前からこの地に住んで、先祖代々ここから城へ通ってきたという訳だな」

「はい。上役の『台所頭』や『組頭』といった者たちは、出世で役職《おやく》の出入りなどもございましょうが、小間遣ら下役の者たちは、先祖代々同じ役職を相勤めて、台所方の外《よそ》に出ていく者はございません。まこと、生まれてから死ぬまでずっと、御台所町の屋敷地に住み続けているということで……」

「さようさな」

昌平橋を渡って、湯島の一丁目を通り抜けると、いよいよ通りは、俗に「明神下」と呼ばれるあたりに差し掛かる。その神田明神下の大通りの突端《とっぱな》が御台所町になっているらしく、通り沿いに並んだ店々の奥が、小ぶりな武家屋敷になっているようだった。

「ちと私、横山か笹川の屋敷を探して、声をかけてまいりまする」

「ああ、頼む」

武家屋敷の一画に向かって駆けていく本間柊次郎の背中を見送ると、十左衛門は馬上から周囲をぐるりと見渡した。

御台所町と呼ばれている区画がどこまでなのか判らないが、通り沿いにびっしりと並んだ店々のすべてが、拝領した屋敷地のなかに建てられた貸し店であるならば、かなりの広さということになる。

いくら大奥の御女中とはいえ、まさかこの一画すべてを交換できる訳はないから、どこか一部ということになるのであろうが、そうなれば狙ってくるのは、やはり通り沿いの一等地であろうと思われた。

「ご筆頭、お待たせをいたしました。書状に記名の『横山』という者の屋敷が判りましたので……」

と、戻ってきた本間の案内で、「横山」という表台所小間遣頭の屋敷に向かっていくと、近所の武家たちもどうやら突然の「妹尾さま」の来訪を聞き知ったものらしく、あたふたと慌てて門の外まで出てきては、地べたに平伏して「お出迎え」の形を取ってくる。

するとと何軒か先に、ほかの家よりはやや立派な門構えが見えてきて、そのなかから四十半ばと見える継 裃《つぎかみしも》（上下が同じ生地でないもの）を身に着けた男が現れて、こちらへと駆け寄ってきた。

「小間遣頭の『横山彦十郎《ひこじゆうろう》』にてございます。このたびは我らが上申をお取り上げいただきまして、まことにもってお有難うござりまする」

「目付筆頭の妹尾十左衛門久継だ。とにもかくにも、事情のほどをうかがおう」

「ははっ。なればむさくるしいところではございますが、どうぞ拙宅にて……」

横山の案内で、十左衛門ら一行は屋敷のなかへと入っていくのだった。

四

陳情の席に集まってきたのは、横山以下、四、五人の男たちである。

その配下たちを下座に並べて、小間遣頭の横山が紹介をし始めた。

「私とともに書状に記名をいたしました『小間遣頭の笹川建三郎《けんざぶろう》』は、本日はお役目で登城いたしておりまして、こちらに参りましたのは、今日が非番の者たちにてございまして……」

横山に紹介されて挨拶《あいさつ》をしてきたのは、小間遣組頭の「山峰磯太郎《やまみねいそたろう》」、平《ひら》の小間遣の「芹沢宇右衛門《せりざわうえもん》」と「野島伴太夫《のじまばんだゆう》」に、「新田昌七郎《にったしょうしちろう》」の四人であった。

おそらくは古参の順に紹介してきたのであろう。組頭の山峰が四十を少し過ぎたかというあたり、芹沢もそれに近い年頃で、野島が三十半ばほど、一番下座《しもざ》の新田にいたっては、まだ二十歳になるやならずと見える若さである。

皆、自分たちの屋敷地が取られるか否かの瀬戸際で、目付に対しての緊張よりも、期待や不安のほうが先に立っているようだった。

「して、『屋敷替《やしきが》え（屋敷地の交換）』を願い出てきたというお相手は誰なのだ？　書状には『大奥の表使』としか書かれてはおらんかったが、やはりお名を出すのを遠慮なさってのことなのでござろう？」

「はい。実は、大奥にて表使をなされておられるお一人で、『綾野《あやの》さま』と申されるそうにてございまして……」

　横山と笹川が二人一緒に、急に表台所方の長官である『表台所頭』たち三名のもとに呼ばれたのは、三日ほど前のことであったという。

「実は昨日、若年寄方ご筆頭の『水野壱岐守《みずのいきのかみ》さま』より内々に、我ら表台所頭三名にお呼び出しの儀《ぎ》がござってな。そなたらが神田明神下に拝領しておる屋敷地のうちの七百三十坪と、大奥の表使であられる『綾野さま』がご拝領の屋敷地・千三百坪とを交換いたして欲しい旨、ご打診があったのだ」

　と、定員三名の表台所頭のなかでも一番の古参である「粟野八郎左衛門《あわのはちろうざえもん》」が、言いづらそうに話を切り出してきたそうだった。

「その粟野さまのご様子も、ほかのお二方《ふたかた》のご様子も、いかにも普段とは違った風で、いっこうに私どもとは目を合わせてくださいませんでしたので……」

　そんな粟野ら三人の様子から、「大奥の御女中が欲しがっている土地は、通り沿いに皆で資金を出し合って設営した貸し店のある部分であろう」と、すぐに予測がついたという。

「自宅に帰りましてより、急ぎ地権《ちけん》の書状を確かめてみたのでございますが、案の定、貸し店の建ち並ぶ一画の総計が、七百と三十二坪にてございました」

「さようであったか……」

十左衛門は自分も顔つきを渋くすると、先を続けてこう言った。

「いや儂も、さっき通りから御台所町の店々を眺めて『さような話になりそうだ』とは思うていたが、あの家作《かさく》は、そなたらが皆で金子を出し合《お》うて建てた貸し店であったか……」

「はい。最初に先祖たちが造りました時には、どのような家作であったか判りませぬが、折々必要に応じて、直したり、建て替えたりなどいたしまして、皆で大事に守ってまいりましてござりまする」

「さようか」

と、十左衛門はうなずいて見せたが、つと横山だけでなく、後方に居並《いなら》んだ平の小間遣たちを等分に眺めて、訊いた。

「ちと立ち入ったことを訊ねるが、その家作からの収入《あがり》は、いかに分配いたしておる?」

「はい。年に二度きりなのでございますが、盆で先祖の供養をいたします時季《ころ》に『二《に》朱《しゅ》（一両の八分の二）』ほどと、新年の支度で何かと物入りな年の瀬に『一分《いちぶ》（一両の四分の一）』ほどを、我ら小間遣の皆で同等に分けておりまする」

横山ら小間遣頭が二名、山峰ら組頭が四名で、平の小間遣にいたっては百三十五名もいるのだから、それだけでも一年分の貸し代のうちのかなりの額になってしまう。

それでもわずかに残るその分を貯めておき、家作の修繕費用や、仲間うちに何ぞか不幸のごときがあった際の援助金として、その都度、出しているそうだった。

「ほう。なれば、小間遣頭《かしら》のそなたら二人も、そこな組頭の山峰どのら四人も、ほかの者らと変わらず、『盆に二朱、師走《しわす》に一分』きりという訳か?」

「はい。今でこそ、私や笹川どのが『頭』となっておりますが、以前には別の家の者たちが、『頭』だの『組頭』だのを相勤めておりましたので」

「なるほどの……」

つまりは家作の七百三十二坪を取られてしまうと、百四十名あまりの小間遣たちが、皆で揃って被害を被《こうむ》るという訳だった。

「して、横山どの、相手方の深川の清住町のほうは見てまいったか?」

十左衛門が訊ねると、これにも「はい」と、横山は答えてきた。

「実は三日前、この屋敷替えの話を伺いましたその足で、笹川どのとともに深川を訪ねてまいったのでございますが……」

交換となる屋敷地は、大川からも遠くない清住町の中程《なかほど》にあったという。

千三百坪もあるという話の通り、その地所はなかなかに広く、通行人の立ち入りを禁じてか太縄で囲ってあったが、そのほとんどは草が生え放題の空き地となっており、一部に数軒、貸し家らしきものが建っていただけだったという。

「あの場所に貸し店を建てましたところで、借り手などございませんでしょうし、それゆえ貸し家になさっておられたかと存じますが、それも借り手が見つかっておりますのかどうか……」

三軒あった貸し家のうちの一軒は、傍目《はため》には空《あ》いているように見えたという。

「もとよりあの土地をいただきましても、私どもに新たに家作を建てるほどの資金はございませぬ。そうなれば盆・暮れに配っております『二朱と一分』が、配れぬようになるだけでございますので……」

一年に二度だけ、二朱と一分きりの配当ではあるが、横山ら小間遣頭であっても、家禄は三十俵二人扶持、平の小間遣たちなどはその半分の、たった十五俵一人半扶持であるため、盆・暮れに配当の金子がもらえなくなれば、直ちに困る家が続出するのは必須であるそうだった。

「相判った」

十左衛門はうなずくと、視線を横山の背後に居並んだ四人に移して、声をかけた。

「どうだ？　そなたらのうちに、何ぞ事を分けての陳情のごときはござらぬか？」

そう声をかけられて、四人はとたんに、いよいよ固くなったようである。「妹尾さま」に訊かれたのであるから、何ぞかお返事をしなければならないと焦っているのが見て取れたが、突然に訊かれたことで、誰も言葉が出てこないらしい。

やはり委縮《いしゅく》をさせたかと、十左衛門自身もいささか困り始めていると、なかの一人が意を決した顔つきで、いきなり声を出してきた。

「申し上げます」

見れば、一番下座に座している「新田昌七郎」とか申す若者であった。

「うむ。申してみよ」

「ははっ」

新田は改めて十左衛門《こちら》に向けて深々と平伏すると、つと真っ直ぐに顔を上げて、こう言ってきた。

「私は一昨年の春に家督を継いだ者にてございますが、病にて長く寝ついております父の薬代が足りませず、始終困っておりまして、横山さまにも笹川さまにも、足りぬ分の支払いを肩代わりしていただいておりまして……。すでにもう笹川さまにも二分（二両の半分）ほどを、横山さまにはすべて合わせますというと、すでに一両と一分あまりもお借りいたしておりますもので、盆や暮れの配当がなくば、よけいに……」

「もうよい、昌七郎。それぐらいにいたさぬか」

新田の話を押しとめたのは、横山である。

「ははっ」

新田があわてて口を噤んで平伏の形に戻り、それきり誰も言葉を発しなくなってしまった。

「新田どの」

と、再び声をかけたのは、十左衛門である。

「新田どの、顔を上げよ。よう意を決して話してくれた」

驚いて顔を上げてきた若者に微笑んで見せると、十左衛門は全員を見渡して、言い放った。

「これよりは、そなたらから出されたこの陳情、我ら目付方が正式に預からせてもらうゆえ、さよう心得ていただこう」

「お、お有難うござりまする！」

横山が感極まった様子でそう言って、ほかの四人もそれぞれに礼の言葉を口にしながら、嬉々として再びこちらに平伏している。

だがそんな一同を前にしても、十左衛門にはどうしても訊いておかねばならないことがあった。

「横山どの、ちと伺わねばならぬことがある。他でもない、陳情の筋のことだ」

「はい」

と、一気に横山も、顔つきを引き締めた。

十左衛門の言う「筋」というのは、幕臣であれば必ずや守らなければならない「支配の筋」のことである。

こたびの一件に関していえば、横山ら『表台所小間遣』たちが何か陳情や願書のごときを出すとすれば、それは必ず自分たちの支配筋である長官の『表台所頭』に出さねばならないということで、その筋を無視して、こうして目付方に直《じか》に陳情書を出してきたのであれば、それはまた相応に横山たちは問題視されることになるのだ。

「陳情の内容《なかみ》がかようなものであるゆえ、よしんば、これが『筋違い』なものであっても、我ら目付方《めつけ》はそれでこの陳情を受けつけぬ訳ではない。必ずや、この一件の是・非を問うて、不当にそなたらが屋敷地を失うことのないよう、相努《つと》める覚悟だが、そのことと、そなたらが筋を通したか否かは、分けなければならぬ。どうだな、横山どの。そなた表台所頭《うえ》には、掛け合《お》うたのか？」

「はい。掛け合いましてござりまする」

「おう！　そうか」

「はい」

横山と笹川の二人は、「この陳情をどこにすべきか」について念を入れて話し合い、まずは支配筋の『表台所頭』三人に宛てて陳情書を提出し、その長官たちから「気の毒だが、これはどうにも止められぬ。あきらめよ」と断られたそうである。

それゆえ再度話し合い、一か八か《ばち》最後の頼みの綱ということで、「御目付方ご筆頭の妹尾さまに、おすがりをいたしてみよう」と、目付部屋へと改めて陳情書を出してきたのだそうだった。

「よし。なれば万が一にも、そなたらに処分が下ることはない。正直なところ、必ずこの一件を白紙にしてやれるか否かは判らぬが、何がどうあっても、この陳情をいたしたことで、そなたらが責められることのないよう、儂が身をもって護《まも》るゆえ、それだけは安堵《あんど》してくれ」

「妹尾さま……」

震える声で横山がそう言って、あとは五人みなで揃って平伏して、誰も頭を上げてはこなかった。

見れば先ほど陳情してきた新田昌七郎などは、はっきりと泣いているようである。大きく肩を震わせて、それでも嗚咽《おえつ》が漏れないよう必死に平伏して隠している若者を見てはいられず、十左衛門ら一行は横山家を後にするのだった。

五

徒目付の本間ら配下たちとともに、あれやこれやと再度の下調べを済ませた十左衛門が、この一件を目付部屋の合議の席に載せたのは、二日後のことである。

今、十左衛門は目付一同を前にして、一件の経緯を話し終えたところであったが、「大奥」と名が出たとたんに、目付部屋のなかがピリリと緊張に包まれたのを感じずにはいられなかった。

「して、綾野どのがご拝領の『深川の清住町』がほうも見てまいったのだが、小間遣頭の横山が申す通り、ただもう広いばかりで、どうにもなるものではない。無理をして家作を建てたとて、貸し店はおろか、ただの貸し家であっても、そうそう借り手はつかぬであろうな」

「これはまこと、捨ておけぬぞ……」

険しい顔をしてそう言ってきたのは、目付十人のなかではもっとも年嵩《としかさ》の小原孫九郎である。

「いや、さよう、大奥が権威を笠《かさ》に着て、そうして弱き者をば蔑《ないがし》ろにいたすということであれば、目付としては、これは必ず戦わねばなるまいぞ」

「えい、えい、おう！」と、今にも戦《いくさ》の狼煙《のろし》を上げんばかりの勢いの小原に対し、だが他の面々は少しく困っているようだった。

小原には、こうして「皆に四《し》の五《ご》の、文句をつけさせない」人格の美点がある。

今の発言でも判るよう、たしかに小原は単純な男で、「こう」と思ったその直後に、深く考えもせずに何でも口にしてしまうきらいがあり、おまけにその意見もいささか的《まと》を外していることが少なくもないのだが、それでもそんな小原を馬鹿にして軽んじる者は、この目付部屋にはいなかった。

その理由の一つには、むろん小原が「一番の年長者」ということがある。

だが年長者を敬うというだけではなくて、小原が馬鹿にされない理由は、その人格の、いわば「美しさ」にあった。小原孫九郎という男は、本当に毛ほどの裏表もなくて、どこまでも素直で実直で、実に好ましい人物なのである。

たとえば何か「自分が間違えていた」と判った際には、何の衒《てら》いも屈託《くったく》もなく即座に認めて修正するし、誰かが自分より手柄を上げて出世したとて、それを羨んで卑屈になるということもない。実際この目付方でも、二つ歳下の十左衛門が筆頭の座に着いていて、小原自身は平の目付で甘んじている形な訳だが、そんなことは小原にとっては、どうでもいいようだった。

今もこうして十左衛門からの報告《はなし》を聞いて、大奥の非道に憤慨《ふんがい》し、目付として、ただただ正義を貫かんと考えているのだ。

「けだし、小原さま、そうして相戦うにつきましても、こたびの『大奥よりの我儘《わがまま》』が、どこをどう通って『表台所方』まで下がってまいりましたものか、見極めねばなりませんものかと……」

小原をなだめてそう言ったのは、万事に温和で心優しい赤堀小太郎である。

すると、その赤堀を横手から援護《えんご》するように、

「さようにござるな」

と、荻生朔之助《おぎゆうさくのすけ》が言い出した。いつもなら同年齢なうえに性格が真逆である赤堀と張り合って、何かと突っかかる荻生なのだが、最近では著《いちじる》しく角《かど》が取れて、穏やかになってきているようである。

今も普通に赤堀の話を引き取って、先を続けた。

「『表使の綾野どの』と申せば、たしか上様のご配下ではなく、『御台所《みだい》さま（上様の正室）』付きの御女中でござろう。おそらくこたびが一件は、上様のまるでご存《ぞん》じの無きところで動いているものかと……」

それというのも大奥は、すべての配下が貴人《きじん》ごとに別々に組織されており、たとえば「上様付き」ということであれば、大奥に入られた際の上様だけのお世話をして、決して御台所さまだの、ほかの側室の方だのの御身のことには、手出しはしないのである。

「なるほど……。なれば、少しく光明も見えてくるというものでござろうが……」

正直にホッとした顔をして見せたのは、蜂谷新次郎《はちやしんじろう》である。

「いや蜂谷さま、『上様付き』の御女中ではないと判って、ようございましたな」

からかうように、そう言ってきたのは西根五十五郎《にしねいそごろう》で、それにさっそく反応して、蜂谷は怒り出した。

「さような話ではござらぬぞ！　これは正義の話だ。背後《うしろ》にどなたの影があろうとも、目付が怯《ひる》むものではない！」

「蜂谷どの、もう……」

横手から止めたのは佐竹甚右衛門で、この話を先の先まで突き詰めれば上様が出てきてしまうため、「もう、それぐらいにしておけ」と言いたいらしい。

すると、そんな佐竹に手を貸すように、稲葉徹太郎《いなばてつたろう》が話題の矛先《ほこさき》を修正して、こう言った。

「御台所《みだい》さま付きの御女中ということであれば、それは普通に『広敷《ひろしき》』の役人が忖度《そんたく》したのでございましょうな」

広敷というのは、大奥の玄関口にある大奥専門の役所で、大奥に関する経理や事務、警備などは、すべてこの広敷に勤める男の役人が担当していた。

なかでも事務や経理の長官である役高五百石の『広敷用人《ようにん》』は、広敷のなかでは大変に権威があり、「大奥の老中」といえる『御年寄《おとしより》』たちからも一目《いちもく》置かれる役人なのである。

その広敷用人らと直にあれやこれやと話をして、たとえば買い物に関することなども、大奥側の主張ができるだけ通るよう渡り合ったりするのが、こたびの「綾野」のような『表使』の役割であった。

つまり表使は、「大奥」と「表《おもて》（将軍に仕える男たちの役所）」との間に立って、物事を上手く差配しなければならない、難しい役職なのである。それゆえ大奥のなかでは権威があって、そんな「表使の綾野」に広敷役人が忖度して動いたとしても、不思議はなかった。

「広敷の役人どころか、下手をすればその上役《うえ》の『御留守居役』のどなたかなんぞも、関わっておられるやもしれませぬ」

少しく「覚悟」の顔つきをして稲葉がそう言うと、横手から赤堀小太郎も同調して言ってきた。

「こたびが『大奥の我儘』は、ちと大きゅうございまする。なにせ百年もの大昔から他者《ひと》が拝領している土地を、横からいきなり奪おうというのでございますから、稲葉さまのおっしゃる通り、御用部屋の上つ方にも顔の利《き》く大物に頼まねばならぬということで……」

「さようさな」

と、これまでずっと、皆の意見に黙って耳を傾けていた十左衛門が、とうとう口を開いた。

「ではやはり我らは常がごとく、御用部屋の皆さま方に『目付方《めつけ》の総意』を言上するよりほかはなかろうな」

「ですがご筆頭、実際、いまだ先日の『相対替えについて』の我らの上申書《じょうしん》にも、お回答《こたえ》が無いではござりませぬか」

案じ顔で佐竹甚右衛門がそう言うと、横手から、以前は中奥に勤めていた荻生朔之助が、昔取った杵柄《きねづか》で、中奥の事情を踏まえて言ってきた。

「『お回答《こたえ》』がございませんのは、御用部屋の皆さま方がこれまでとは違い、幾分か牽制《けんせい》し合っておられるからでございましょう」

「牽制、でござるか？」

目を丸くしてきた十左衛門に、

「はい」

と、荻生朔之助はうなずいた。

「なにせ新規に入られたご老中の『板倉佐渡守さま』も、ご老中格で入られた『田沼主殿頭さま』も、中奥で『側用人』をなされていたお方にござりまする。ことに田沼さまにおかれましては、いまだ『側用人』が任務のほうも同時にお勤めであられますゆえ、何ぞかあれば上様にご報告も上がりましょうし……」

荻生が中奥の内情に詳しいのは、前職が『小納戸《こなんど》』という上様の御身《おみ》の周りのお世話をする側近だったからである。

そうした小納戸ら中奥勤めの側近たちを統括《とうかつ》しているのが、中奥の長官である『側用人』で、実際、荻生は小納戸であった頃、板倉や田沼の下で働いていたのだ。

「もとより『板倉佐渡守さま』は、上様が御世《みよ》を継がれる際に『側用人』として立たれたほどのお方でございますし、お年齢《とし》のほども、首座のご老中の右近将監さまよりも随分と上にてございましょう。やはり何かと当たり障《さわ》りもあられるのではございませんかと……」

「なるほどの……」

荻生の話にうなずいて見せると、十左衛門は、今度は牧原のほうへと向き直った。

「どうだな、牧原どの。牧原どのは、どう読まれる？」

荻生が「中奥の事情知《わけし》り」なら、牧原は「御用部屋の生き字引《いじびき》」といったところである。御用部屋の上つ方の様子をどう見るか、是非にも牧原佐久三郎にも、意見を聞きたいものだった。

「私も、荻生さまのお見立てに間違いはなかろうものかと思いますが……」

牧原はそう言って、先の持論を繋げてきた。

「もとより『右近将監さま』におかれましては上様よりのご信任が厚く、上様が将軍の御職に就かれます際にも、『余《よ》はいまだ歳若く幕政に暗いゆえ、老中のそなたが何でも言うて教えてくれ』と、お言葉を賜《たまわ》ったほどにてござりまする。荻生さまのお話の通り、こたび中奥より板倉さまや田沼さまが入られましたことで、改めて上様をば、お身の近くにお感じになられているやもしれませぬし……」

と、だが牧原の話は、どうもいささか煮え切らず、一体、何を言いたいものかが、はっきりとは判らない。日頃は自分の頭の良さを生かして、何でも明快に口を利いてくる牧原が、こうして口ごもっている理由は、やはり老中の一人一人と長く付き合いがあった分、「中奥から新規に老中がきたとて、首座の右近将監さまは、それに臆するようなお方ではない」と、言いたいからではないかと思われた。

そんな牧原の肚《はら》の内《うち》を読み取って、十左衛門は助け舟を出して、こう言った。

「なればそうして、いわば『初心』に立ち返ってしまわれたことで、これまでの右近将監さまとは、いささか違ったご様子になっておられるという訳か……」

「はい」

と、牧原はうなずいた。

「右京大夫さまなどは、かえって板倉さま方に反発し、何事もお好きなようになさっておられるやに想像をいたしますが、三席の周防さまにあられましては、たぶん中奥をお気に病まれて、大人しゅうなさっておられましょう。どちらにいたしましても、お足並みは揃いませんものかと……」

「なるほどの……」

つまりは今の御用部屋は、いわばいっこう頼りにはならず、また重ねて「こたびの大奥からの申し出を白紙に戻してもらいたい」旨、上申したところで、どうにもならないということなのであろう。

「だがそれでも、やはり我らは正々堂々、目付方の総意をば言上せねばなるまいて」

「ご筆頭……」

と、いささか心許《こころもと》なさげに目を上げてきたのは佐竹甚右衛門で、ほかの者らはそれぞれに口には出さず、考えているようである。

そんな一同を見渡して、十左衛門はこの合議の席をまとめて、こう言った。

「なればもうこのあたりで、御用部屋《おへや》に向けて上申をいたすか否かを決したいと思うのでござるが、何ぞご意見のある御仁はおられぬか？」

「ご筆頭。ちとよろしゅうございましょうか」

これまでずっと黙っていた桐野《きりの》仁之丞《じんのじょう》が、ようやく口を利いてきた。

「おう、桐野どの、待ちかねたぞ。今まで何も申されずにおられたが、一体、どうなされた？」

「はい。どうも話題《はなし》の根本を、あれやこれやと考えておりますうちに、少しく腹が立ってまいりまして……」

「根本とな？」

「はい」

と、桐野は真っ直ぐに十左衛門に向き合うと、先を続けた。

「まずはそもそも、一定の幕臣にのみ特別に『拝領屋敷地として町場を与える』ということ自体が、間違いのもとにてございましょう。なぜに格別の計《はか》らいで町場の拝領を許すかと申せば、町場であれば町人にも貸し出すことができるからでございます。つまり幕府が、ごく一部の幕臣だけを依怙贔屓《えこひいき》にいたして、『そなたには町場を拝領させてやるゆえ、それを元手にして儲けよ』と、端からそう言っているということで……」

「いや、しかし、桐野どの……」

と、横手から慌てて幕府の肩を持ってきたのは、幕府財政の歴史にも詳しい佐竹甚右衛門であった。

「そも幕府が『町場の拝領』をば許す一番の理由は、こたびの台所小間遣らのように、家禄の給与だけでは生活《くらし》の厳しい幕臣を、どうにか救済できぬかという、その一心からでござろうゆえ……」

「けだし佐竹さま、実際、それとはまるで趣《おもむき》の違う形で、大奥の権威の女中《もの》や城の医師らも、ちゃっかりと町場を貰《もろ》うておるではございませぬか」

桐野の株を奪って反論を始めたのは、西根五十五郎である。おそらくは西根も桐野同様、我慢ができなくなったものと思われた。

「あれはもう『救済』などというものではなく、『褒美《ほうび》』や『依怙贔屓』や『忖度』にてございましょう。そうして味噌糞《みそくそ》一緒にいたして、大奥の御女中なんぞに町場の拝領を許すゆえ、こうした事態《こと》になる訳で」

「いや、西根どの。よう申された」

横手から大いに褒《ほ》めて、小原が言った。

「まこと『暮らしに困る』下役の者らと、『我儘を言い放題《ほうだい》』の大奥の御女中なんぞが、同じ扱いになっておるのが、そもそもの間違いでござろう。幕府もなぜに初志貫徹をいたして、下役の救済のみにしなかったものか……」

またも小原は少しく的外れに、話を戻してしまったようだが、これは「ご愛敬」というものである。

その小原のズレを戻して、十左衛門は再び、まとめにかかった。

「おのおの方の申されるよう、根本からの『町場拝領』の是非についても、いずれは上申せねばなるまいと思う。したが今、それを言うのは、剣呑《けんのん》であろうと思うのだ。こたびが一件は大奥が絡んでおるゆえ、上つ方の皆々さまも何かと面倒に思われて、『できれば、このまま知らぬふりを……』と、またもや長く放っておかれるやもしれぬゆえな。そのうえに、更に面倒な議題など目付方《こちら》が上げれば、間違いなく取り上げられようて」

「さようにございますね……」

話題の提供者である桐野が大きくうなずいてきて、この「町場拝領の是非」についての上申が先に送られる次第となった。

「では改めて伺うが、こたびの表台所方の陳情について、御用部屋の皆さまに上申をいたすということでよろしかろうか？」

十左衛門は、一人一人と目を合わせながら見渡した。

「むろん、また長々とご回答をいただけぬ様子であれば、幾度でもしつこく上申させていただく所存にござるが、これにてご賛同をいただけるのであれば、例によって、おのおの方、扇をば……」

「ははっ」

各自、懐《ふところ》から出した扇子を、「賛成の意」を示す膝前の畳に、揃えて置いたようである。見事に十本、畳の上に揃えられた扇子に、十左衛門は「これは何としても、横山らを助けてやらねばなるまい」と、改めて気を引き締めるのだった。

六

翌日のことである。

御用部屋では、またも老中が四人と、「老中格」という見習いが一人、それに加えて若年寄が四人の、総勢九人で合議が持たれていた。

むろん部屋からは、すべて余人は追い出して、九人きりになっている。

目付方より総意で上げられてきた書状は、すでに老中首座である松平右近将監武元が、万が一にも部屋の外に漏れ聞こえぬよう細心の注意を払ったうえで、皆に読んで聞かせてあった。

「いや、おのおの方、この難題をいかがなされる？」

右近将監が一人ずつを確かめるように見まわすと、三席の周防守と若年寄四名は、はっきりと目を伏せて逃げていき、七つも歳上の四席の板倉佐渡守と、一歩下がって控えている老中格の田沼主殿頭の二人は、常のごとく口をしっかり引き結んだままで、表情も読み取れない。

一人、いかにも判りやすく不機嫌になっているのが次席の松平右京大夫輝高で、この短気だが、まるで裏のない「右京どの」の存在を、右近将監は今改めて有難く感じていた。

「どうだな、右京どの。『屋敷替え』など、やはり止《と》めたがよかろうとは存ずるが、どう止める？」

「どうもこうもござりませぬ。ただ老中方《こちら》が一撃に、『我儘も大概《たいがい》にいたせ』と言うてやればよいだけの話で……」

「だが実際、そうは容易《ようい》にいかぬであろう？　綾野《あちら》には御台所《みだい》さまがついておられる。何でも『しごく御台所さまがお気に入りゆえ、是非にも叶えてやって欲しい』と、留守居役の淡島《あわじ》守からも、別に頼みの文《ふみ》がつけられていたほどにござるぞ」

「淡路なんぞは、ただもう無様《ぶざま》に大奥に取り入っておるだけにてござりまする。それを丸出しにして、別紙で文をつけてくるとは、笑止千万《しょうしせんばん》というもので」

「まあ、さようではござろうが……」

こうして九人もいるというのに、次席と自分、ただ二人だけのこの会話に、右近将監はさすがに気が萎《な》えてきた。

末席に「阿部伊予守《いよ》どの」がいて、曲がりなりにも老中四人、皆で意見を言い合えたあの頃が、本当に懐《なつ》かしかった。

右近将監《こちら》など、もう五十七にもなるというのに、いまだ毎日登城して激務をこなしているのである。まだ四十六歳の伊予どのが、まさか病に連れていかれてしまうなどと、夢にすら思わないではないか……。

と、つらつらと愚痴をこぼすように考えて、右近将監はハッと我に返った。

こんな風に戻らぬ昔を羨んで、万事に引き気味になっているから、何かと公務が立ち遅れてしまうのである。

七つほども歳上だとて、中奥で長く上様のお側に仕えていた御仁だからとて、首座の自分が四席の板倉佐渡守に臆する必要はないのだ。

「周防どの、佐渡どの、どうだ？　いかがお考えになられる？」

相変わらず口を開かない三席と四席に、右近将監は思いきって、ちとしつこく訊ねてみた。

「まずは周防どの、いかがでござる?」

「相済みませぬ。私は、どうにも……」

「ならば、佐渡どのはいかがでござろう?」

「私も、さして大奥がことについては詳しゅうございませんので」

「さようか……」

御用部屋の大変革があって以来、始終この伝《でん》が続いていることに改めてうんざりして、とうとう右近将監までが黙り込んだ時である。

部屋の外、それもおそらくかなり離れた場所からであろうと思われたが、「右近さま」と、御用部屋付きの坊主らしき聞き慣れた声が聞こえてきた。

「おう、何だ?」

右近将監が声をかけてやると、坊主の声は、ホッとしたようだった。

「御目付方ご筆頭の妹尾さまから、急ぎ追加のお文が届けられてまいりまして」

「追加だと?」

横手から口を出してきたのは、右京大夫である。

「まったく……。十左といい、淡路といい、どいつもこいつもだらしなく、別紙で文など足してまいってからに……」

「まあ、右京どの。仕方なかろう」

次席老中をなだめると、右近将監は文をこちらへ運ぶよう、坊主に言いつけた。

受け取って、開いて読むと、さして長くもない代物である。その内容《なかみ》に、右近将監は笑い出した。

「いや右近さま、どうなさいましたので？」

早くも右京大夫は喰いついてきて、とにかく早く自分にも見せろと言いたげな様子である。

その次席老中に、右近将監はまだ笑いが止まらぬまま、黙って文を手渡した。

「……ちっ！」

文を読み終えた右京大夫がまずしたのは、舌打ちである。

「相も変わらず、小賢《こざか》しいやつめが！」

右京大夫が悔しがったのも当然といえば当然で、十左衛門は追加の文に、この一件をどう収めればよいものかについて、一案を示してきたのだ。

『綾野さまにおかれましては、何でも十六の頃から十二年、大奥にて忙しくお勤めであられたようで、おそらくは城の外の、それも神田や深川など、一度とてご覧になってはおられぬことと存じまする。

誰ぞ良からぬ仲立ちの商人などが、いいように焚《た》きつけたのでござりましょう。表台所方の下役《もの》らの窮状《きゅうじょう》を誠心誠意お伝えいたせば、もしやして綾野さまがほうからお断りをいただけるのではございませんかと……』

そう書かれた文のほかにも、もう一通、こちらは少し長めであるらしく、厚手な文が添えられてある。

『僭越《せんえつ》ながら、ちと私、綾野さまへの陳情の文をば、したためてまいりました。神田の事情はすべて書き述べてございますゆえ、よろしければこちらを……』

と、同封の文の説明までが書かれてあり、そのもう一通を開いて読んでみると、なるほど小間遣たちの窮状が、いかにも同情を誘うように心を込めて書かれていた。

「ふん！」

鼻息荒く、不機嫌にもう一通に目を通しているのは、右京大夫である。

「して、右近さま。やはり、この小賢しい文をお使いになられますので？」

「うむ。それがよかろうと儂は思うが、おの《の》おの方はいかがでござる？」

そうして十左衛門からの追加の二通は、御用部屋の九人の間をまわって読まれて、見事、採用されることとなったのであった。

七

御台所さま付きの表使の「綾野」が、急ぎ屋敷替えの願書を取り下げたのは、それから幾日も経たないうちのことだった。

その綾野から直接に、神田明神下の御台所町に長い文が届けられてきたそうで、その報せをくだんの『小間遣頭』の横山彦十郎から受けた十左衛門は、徒目付の本間柊次郎を引き連れて、横山の屋敷を訪ねた。

「いや、これは……」

横山から綾野の文を受け取って読みながらも、つい感嘆の声が出る。

さすがに大奥に長く勤めて、それも御台所さまの覚えもめでたく、「頭の切れる者でなくては務まらない」といわれる『表使』をしているだけのことはあり、綾野の文は、その筆跡も内容も、しごくよく整ったものであった。

「まことにもって有難く、畏《おそ》れ多いことにてござりまする」

横山もそう言って、嬉しそうに目を伏せた。

「『屋敷替え』の願い出を取り下げてくださっただけでも有難うございますのに、こうして文までいただいてしまいまして……。近く私のほうからも、誠心誠意お礼の旨を申し上げて、文を出させていただかなくてはと、思うてはおりますのですが……」

このような見事な文を「綾野さま」からいただいてしまい、文字のほうも、内容のほうも、どう自分が書いたらいいものか、気後れしているそうだった。

「いや横山どの、察するぞ。この見事な文のあとでは、書きづらかろう」

「はい……」

綾野はその文のなかで、幾度か形を変えながらも重ねて謝ってくれていた。

『まさか、そのような事態になっているとは露知らず、田丸屋《たまるや》という仲立ちの商人から勧められたその通りに、何の疑いもなく願書《ねがい》を出してしまいました。

本当に、お恥ずかしいことでございます。

この屋敷替えを勧《すす》めて、あれこれとお口添えをいただきました御留守居さまや、お広敷の皆さまには、私のほうから再度お礼を申し上げつつ、お断りをいたしておきました。

そうした次第でございますから、どうぞこの先のご心配はくれぐれもなさりませぬよう……。

これよりの御台所町の皆さまのご多幸とご発展を、心よりお祈り申し上げておりまする』

と、綾野は文を、そのように締めくくっていた。

「いやしかし、表《うえ》台所頭に突き放されても、そなたらが諦めず、目付方《こちら》まで陳情をくれてよかったぞ」

「本当にお有難うございました。我ら一同、妹尾さまが御用部屋の皆々さまに掛け合《お》うてくださったとお聞きして、どれだけ嬉しゅうございましたことか……」

「うむ……」

実際、皆がどれほど喜んで感謝してくれたかは、すでに先ほど御台所町《ここ》を訪ねてきた時に、存分に味わっている。

今日はまだ昨夜の雨の影響で、地面がしっかり濡れているというのに、騎馬の十左衛門《こちら》や馬を引いている本間の姿を見つけたとたん、そこらにいた者たちが皆で夢中で駆け寄ってきて、てんでんに礼を言いながら地べたに平伏し、泥まみれになってしまったのだ。

「今日は『新田どの』はおらぬようだが、城の台所でお勤めか？」

「はい。妹尾さまのお出ましがあったと知れば、どんなにか悔しがることにてございましょう。もう一度お会いして、是非にもお礼を申し上げたいと、子供がように騒いでおりましたので」

「さようであったか」

十左衛門は、素直に嬉しそうな顔をした。

「したがまた城の台所にて、顔を合わせる機会もあろうゆえな」

言いながら、十左衛門はもうそろそろ暇乞《いとまご》いをするべく、立ち上がった。

「横山どの」

「はい」

見送りに立ち上がってきた横山に、十左衛門はやわらかくこう言った。

「『小間遣頭《かしら》』と付けば、要らぬ苦労が次から次と絶えなかろうが、そこはほれ、この儂とて同じことでな。互いに大事な配下を守って、気張《きば》ろうぞ」

三十俵二人扶持の薄給のなかから、親の薬代に困る新田を助けて、金子《きんす》の援助までしている横山である。おそらくは他の配下に対しても同様に、あれこれと面倒を見てやっているに違いなかった。

「はい。妹尾さま、まこと、お有難うござりまする」

今こうして十左衛門に言われて、しごく嬉しかったのであろう。十左衛門《こちら》に向けてにっこりとしてきたその顔は、どうもこれまで見てきたなかで、一番に晴れ晴れしいものである。

そんな横山の笑顔を土産《みやげ》に、十左衛門は本間とともに、神田明神下の御台所町を後にするのだった。

八

横山に見せてもらった綾野の文のなかには一点、目付方としてどうしても見過ごしにできない記述があった。

『田丸屋という仲立ちの商人から勧められたその通りに、何の疑いもなく願書を出してしまいまして……』

とあった、「田丸屋」とか申す商人についてのことである。

屋敷替えを綾野に勧めたというのだから、大奥の御女中に会うことのできる「大奥御用達《ごようたし》の商人」には違いなかろう。

だが普通であれば、着物やら身の周りの道具やら、油や炭や蠟燭《ろうそく》などといった物品を扱うだけであるはずの御用達商人が、何ゆえ綾野に屋敷替えなんぞを勧めたものか、その胡散臭さをそのままに放っておく訳にはいかなかったのである。

御台所町からの帰り道、田丸屋について調べるよう、徒目付の本間柊次郎に命じると、本間は早くも翌日には、田丸屋の概要について調べをつけて、目付部屋まで報告に来た。

「日本橋の上槇町《かみまきちょう》に店を構える、大奥御用達の油問屋にございました」

「油問屋であったか。して、その『田丸屋』と申すは御用達になってより、どれくらいの年月《とき》を経《へ》ておるようだ？」

「ずいぶんと古いようにてござりまする。大奥への出入りを許されましてから、もうかれこれ三十年がほどは経ちますそうで」

「そうか……。正直、もそっと新興の、得体の知れない商人かと思うたのだが……」

「はい。私も『田丸屋が老舗《しにせ》』と聞きまして、意外に思うたものでございますから、今の田丸屋の主人《あるじ》について、ちとあれこれ調べてまいりまして」

主人の名は「田丸屋源兵衛《げんべえ》」というのだが、これは代々、田丸屋の主人となった者が店の経営とともに引き継いでいる、半ば屋号《やごう》のようなものである。

生まれた時につけられた名のほうは、「要助《ようすけ》」というそうだった。

「この『要助』と申しますのは、先代の遠縁だそうにございますのですが、去年の春に先代の主人が急な病で店を続けられなくなりました際に、九つの一人娘の婿として、田丸屋を継いだそうにてございまして」

「九つの娘の婿か……。して、その『要助』と申す娘婿は、今、幾つなのだ？」

「今年で、なんと『三十六』だそうにてございました」

「えっ、三十六だと？」

「はい」

「…………」

あまりの歳の差に呆れて、十左衛門は言葉を失った。

だが、そんな「ご筆頭」の驚きは端《はな》から予想の上だったようで、本間は先の説明をして、こう言った。

「もとより娘の父親である先代の源兵衛が、要助よりは三つも歳下《した》の三十三であったそうにてございますゆえ、まことにもって、実の親子以上の歳の差ということでございまして……」

「おい、ちと待て、柊次郎。今の物言いから察するに、もしやして「先代の源兵衛」と申すは、すでに亡くなっているということか？」

「はい……」

と、本間は少しく表情を曇らせて、先を続けた。

「要助に田丸屋を譲《ゆず》ってより、幾らもせぬうちにてございましたようで、何でも女房の実家のほうに、親子三人、揃って身を寄せまして、そこで最期を迎えたそうにございました」

「『親子三人』と申すと、なれば九つの一人娘というのも、田丸屋には残らずに、両《ふた》親《おや》とともにおったということか？」

「はい。どうやら今も母親とともに、その実家におりますようで、まことそれだけが『救い』というものにてございましょう」

「さようさな……」

そうでなくとも二十七も歳上の婿を取らされている上に、父親に死なれてしまい、おまけに母親とも引き離されて、九つの娘だけが田丸屋に残らねばならないというのでは、あまりにも不憫《ふびん》である。他人ばかりの田丸屋で暮らさずに済んでよかったと、他人事《ひとごと》ながら、十左衛門もホッとした。

「したが、その先代の田丸屋源兵衛も、何ゆえ自分よりも歳上の婿なんぞを取ったのだ？　もそっと九つの娘に引き合うよう、十八、九か、せいぜい二十半ばくらいの婿がおらなんだものかの？」

「いやまこと、さようでございまして……」

と、本間柊次郎も一膝、前にせり出してきた。

「実は『そこ』にてございますのですが、上槇町の近隣や、油問屋の同業者の間では、『遠縁』とは名ばかりの要助に、いわば田丸屋を乗っ取られたのではないかというのが、おおよそ皆の一致した見方にございまして……」

先代の源兵衛がなぜ急に隠居したかということについても、「急病」と聞いてはいるのだが、なにせ源兵衛はまだ三十三という若さであったため、傍から見ているかぎりでは、ごく普通に元気な様子に見えたらしい。

「けだし、一応『急な病』という触れ込みになってございますので、真実《じつ》のところがどうであったか、判らないのでございますが」

「どちらにしても、胡散臭いということだな……」

「はい」

要助が田丸屋の主人となったのは、昨年の春だというから、大奥に出入りして綾野に屋敷替えを勧めてきたのは、先代の源兵衛ではなく要助であろう。

「まずは、本当《まこと》に要助が田丸屋の親戚筋であるのか否か、もとはどこで何をしていた男であるのか、引き続き相調べてまいりまする」

「うむ。頼む」

綾野の文の一言が気になって調べ始めた「田丸屋」だが、こちらが想像していた以上に悪辣《あくらつ》であるのかもしれない。

本間が再び調査に出ていくのを見送ると、十左衛門は目付部屋の二階に向かって、声をかけた。

「おい、誰ぞおらぬか？」

「はっ。ただいま！」

二階から急ぎ下りてきたのは、配下の徒目付の一人である。目付方には日に何件も、急な案件が持ち込まれてくるため、そうした際にすぐに動いてもらえるように、こうして常に幾人かは二階に待機《たいき》させているのだ。

「赤堀どのに、ちとご相談いたしたきことがある。すまぬが、そなた、探してくれ」

「心得ましてござりまする」

その徒目付が出ていくと、十左衛門はまた一人、沈思し始めるのだった。

九

翌日の朝方、十左衛門の姿は日本橋上槇町の、田丸屋を遠く見渡せる路地端《ろじばた》にあった。

ともに来ているのは、昨日、相談に乗ってもらった赤堀と、徒目付の本間柊次郎、それに以前、武家地で「湯屋の火事」が起こった際に赤堀の下で調査に当たっていた徒目付の高木与一郎である。

四人は今、ついさっき開店したばかりの田丸屋の店前を見張っているのだが、「是非にも、面体《めんてい》を確かめたい」と狙っているのは、ほかでもない主人の要助であった。

「……あっ、出てまいりました！　あれが主人の要助にてございますので」

要助の顔を知っているのは、このなかでは本間柊次郎ただ一人である。

店の手代らしき男とともに暖簾《のれん》をくぐって外に出てきた要助は、身の丈《たけ》が五尺七寸（一七一センチ）ほどもあろうかという、背の高い痩せた男である。

するとその要助の面体をしかと確かめた高木与一郎が、めずらしく興奮した様子で、横手から声を出してきた。

「『堺屋』にござりまする！　あれは確かに『堺屋』で……！」

「いや、『もしやして』と思うて確かめてもらったのだが、やはり田丸屋の要助は、堺屋当人であったか……」

　赤堀から報告を受けていた「堺屋伊左衛門」の歳まわりが三十半ば、一方の「要助」も今年三十六歳だと聞いたゆえ、十左衛門は「まさか同一人物ではあるまいが……」とは思いながらも、やはりどうにも気になって、赤堀や高木を呼んで確かめてもらったのだ。

「どういうことでございましょう」

　横手から小さく言ってきたのは、赤掘小太郎である。

「まさか偶然、堺屋が、御用達を務めるほどの田丸屋と縁続きということもございますまいし……」

「さよう。たぶん先代の田丸屋は、堺屋と何ぞかあって借金でも抱えて、その形《かた》に店や家屋敷を取られたのであろうよ」

　そう仮定してみれば、まだ九つの娘に三十六の要助が婿入りしてきたことも、隠居した先代の源兵衛一家をあからさまに蔑ろにして、家の敷地のなかに住まわせずにいることも、納得がいくというものである。

するると後ろで本間柊次郎が、神妙な声で言い出した。

「なれば、やはり先代の田丸屋源兵衛は、店や家屋敷を取られて丸裸にされて、その心労が募《つの》った末に……」

「うむ。おそらくな……」

十左衛門もうなずいたが、その「心労が募った末」を、はっきりと口にはできずにいた。

すでに幾十年も幕府の御用達を務めてきた田丸屋を、自分の代で他者《ひと》に取られてしまったばかりか、何より大事なまだ幼い一人娘を、「敵」というべき堺屋に差し出さなくてはならないのである。

堺屋との間に実際、何があったものか、その調べは今後のこととなろうが、いずれにしても先代の源兵衛が絶望したのは確かであろう。「心労が募った末」に源兵衛が選んだのは、自害だったのではあるまいか……。

「あっ、堺屋がどこぞに参るようにてござりまする。では……」

と、十左衛門と赤堀に頭を下げるやいなや、高木はもう堺屋を尾行する形を取っている。その高木に倣《なら》って、本間柊次郎も身構えた。

「高木さま、私も一緒に……!」

「ああ。なれば行くぞ」

「はい」

尾行の鉄則はなるべく一人では行かないことで、一人では、もし尾行《つ》けていったその先で、何ぞかすぐに城に報告をせねばならない時に、対象者の尾行を続けるか、それとも報告を先にするかで、困ってしまうことがあるのだ。

堺屋の後を追っていった二人を見送ると、

「赤堀どの」

と、十左衛門は赤堀を振り返った。

「ちと拙者、これより田丸屋のお内儀《ないぎ》を訪ねて、仔細を伺ってまいろうと思うのだが、町奉行所への報告をお頼みできようか？」

田丸屋の妻女は町人だから、聞き込みをするにしても、一応は町方に届を出しておかねばならないのだ。

「心得ました。どうぞ、大船に乗ったおつもりで、お任せのほどを……」

わざと明るく軽妙な調子でそう言ってくれた赤堀と別れて、十左衛門は離れた場所に待たせてあった供《とも》を連れ、室町《むろまち》にあるという田丸屋の妻女の実家を探しに向かうのだった。

十

田丸屋の妻女の実家は『古河屋《ふるかわや》』という米問屋であったが、繁華街の室町のなかでは「一等地」とはいえないところで、大通りからは横道に曲がった先にある少しく閑静な場所にあった。

幕府の御用達を長く務める田丸屋に比べれば、店構えも大きさも、数段落ちる感がある。

だが妻女は幸いにも、実家で邪魔にされてはいないようで、十左衛門が「目付」を名乗って面談をしたい旨、店先で申し出ると、「古河屋の主人」だという田丸屋の妻女の兄も、その妻も、いたく心配しておろおろしているほどだった。

「何も案ずることはござらぬぞ。こちらは城の目付ゆえ、先日、武家に起こった一件について、要助どのの関わりを調べておるだけゆえな」

そう言った十左衛門の言葉に、安堵したのであろう。

「さようでございましたか。なれば、むさくるしいところではございますが、どうぞ奥をお使いくださいませ」

古河屋の主人が自ら案内に立ち、奥まった静かな座敷に通してくれて、奉公人に茶菓を出させたその後は、厳重に人払いもかけてくれている。

その庭を見渡せる客間で二人きり、十左衛門は田丸屋の妻女と向き合った。

「目付筆頭の妹尾十左衛門久継にござる。こたびはまこと、要らぬ手数をおかけして相済まぬ」

「とんでもございません。私、『里津《りつ》』と申します。それであの、田丸屋の要助が何かいたしたのでございましょうか？」

「うむ。その要助どのでござるがな、どうやら武家の間では、悪辣な『堺屋伊左衛門』で名を通しておるらしい」

「…………！」

と、こちらから目をそらせてうつむいた里津の様子から察するに、やはり要助が「堺屋」であることは知っていたに違いない。そのまま黙り込んでしまった里津を怖がらせないよう、十左衛門は精一杯にやわらかい声で話し始めた。

「実は先般、堺屋の口車に乗せられて、二百八十六坪あった家屋敷を、たった三坪と交換させられた旗本がござってな。その御仁は病がちの娘御《むすめご》に『少しでも良き薬を……』と焦っておられたゆえ、三坪と交換する内済金として六十両もらっただけで、家屋敷を手放してしまったのだが……」

今、「大奥」と名を出してしまうと、里津が恐れおののいて、何も喋ってくれなくなってしまうかもしれないため、まずは湯屋の火事の一件のほうを話して聞かせたのだが、どうやらそれは里津の警戒を解くには一役買ってくれたようだった。

「赤坂に二百八十六坪もあるものを、三坪とたった六十両とで買い叩いたのでございますか？」

話をすべて聞き終えて、里津は興味を持ったようだった。

「さよう。三坪では、むろん住むことなどできぬゆえ、そこなお旗本のご一家は仕方なく、他家の貸し家を借りて住んでおられたのでござるが……」

「まあ、それではあまりに……」

と、言いかけて、自分と極《きわ》めて境遇が似ていることに、改めて気づいたのかもしれない。里津はひどく暗い顔をして、こう言い出した。

「……あの、御目付さまは、私ども田丸屋のことにつきまして、一体どこまでご存じでいらっしゃるのでございましょうか？」

「うむ……」

単刀直入にそうきたかと思いながら、十左衛門は嘘なく真摯《しんし》に向き合った。

「おそらくは堺屋となんぞかあって、店や家屋敷を取られたのであろうということと、まだ九つの娘御に、よりにもよって要助を添わせなければならないということを、存じ上げておるだけだ」

「…………」

キュッと唇を嚙みしめた里津に、十左衛門は重ねて言った。

「したが、お内儀どの。このまま泣き寝入っておっては、ご亭主の源兵衛どのが時のように、取り返しがつかなくなるぞ。娘御だけは何といたしても、助けねばならぬ。そうではござらぬか？」

「……はい」

と、青白い顔をしながらも、とうとう里津はうなずいた。

「何があっても要助などに渡すものではございません。私が命にかえましても、守る所存にてございますので……」

「さよう。その意気でござるぞ、お内儀どの」

思わず本気で十左衛門が応援にまわると、

「あの、御目付さま」

と、里津は初めて、はっきり顔を上げてきた。

「御支配の筋が違いますのは重々存じておりますのですが、私ども田丸屋の一件《こと》を今ここでご相談申し上げても、よろしゅうございましょうか？」

「むろんさ。まずは仔細のほどを伺《うかご》うて、こちらから町方へと話を通すこともできるゆえ、よけいな心配など無用でござるぞ」

「お有難うございます……」

言いながら、ふっと気がゆるみそうになったらしい。声を詰まらせたまま次の言葉を発せずにいる里津に、十左衛門はこちらから助け舟を出してみた。

「堺屋が相手ということは、やはり土地の売買が絡んでのことでござるか？」

「はい……。そもそもは、田丸屋《うち》を代々可愛がって贔屓にしてくださっておられます、大奥にお出入りの御医師の方のお話で……」

大奥に出入りの「真鍋《まなべ》」という医師が、自分の私財を投げうってどこかに広い土地を買い、そこに薬草園を作って、あれこれと薬草を試し育てていきたいと、里津の夫であった源兵衛に相談してきたことが始まりであったという。

「真鍋さまは新橋《しんばし》に、以前ご自分でお買いになった町屋敷をお持ちでいらっしゃったのでございますが、そこを元手に、どこぞ郊外の広い土地をお買いになって、薬草園を開きたいから、済まぬが誰ぞ仲立ちになる者を探してくれぬかと、そのようにおっしゃいまして……」

「ほう……。それでご亭主の源兵衛どのが堺屋を探し当て、関わりを持つことになられたのでござるな」

「はい。最初はただ本当に『堺屋を、真鍋さまにご紹介するだけ……』と、主人も私もそう思っておりましたのですが……」

真鍋という医師が買うことになったのは、深川の亀戸村《かめいどむら》の続きにあった千五百坪もの大きな空き地で、対して新橋にあった真鍋の土地は、二百坪にも満たないものであったらしい。

その二百坪弱の土地に、真鍋は小さな薬草園を作っていたそうなのだが、亀戸の千五百坪と交換するにはあまりに見合わないからと、真鍋側が土地に加えて四百両を支払うことになった。

「その四百両のうちの半分を、まずはうちが真鍋さまに貸すことになりまして、残りは真鍋さまがよそからもお借りして二百両を作られて、堺屋が紹介してきた亀戸村の名主《なぬし》という者に、支払ったのでございますが……」

「して、どうなされた？」

待ちきれず十左衛門が訊ねると、里津は一転、悔しそうな顔になった。

「ですがその名主と申しますのは、まったくの偽者《にせもの》だったのでございます。『耕す者《たがや》がいないから、休耕田《きゅうこうでん》になっているだけだ』と申しておりましたその土地は、実はさる御大名家が『下屋敷《しもやしき》用に……』とお買い求めになられていたもので、名主なんぞは、まるで架空の人物《もの》だったのでございます」

「だが、なれば、仲立ちをした堺屋に責任《せき》があろうものを……」

「主人もさように申しまして、随分と強く出たのでございます。なにせこちらは真鍋さまの二百両もお預かりいたした身でございますので、とにかく四百両、耳を揃えて返して欲しいと、堺屋に詰め寄りまして……」

だが堺屋は「自分も偽者とは知らなかった」というばかりで、のらりくらりとしていたそうである。

それを怒って田丸屋の源兵衛が、強くしつこく「返せ！ 返せ！」と詰め寄ったところ、堺屋はその千五百坪の持ち主である大名家の家臣を連れてきて、驚くべき反撃をしてきたらしい。

「『偽《にせ》の名主を仕立てて四百両を取ったのは、この土地の持ち主の企《たくら》み事だ。金を返せ』と、私どもがその御大名家に楯突《たてつ》いたと言い触らし、御大名家の怒りを買うよう仕向けたのでございます。御大名家が相手では、こちらは一溜《ひとた》まりもございません。

お怒りになっておられるご家中をなだめて、こちらの味方になってもらえるようにするためには、まずはそのご家中の方に二百両、その御大名家自体にも五百両のお詫《わ》び金を支払うようにとそう言われ、ほとほと困り果てまして……」

大名家に支払う七百両については堺屋のほうで肩代わりをしようから、その代わりに自分を「娘婿」ということにして、田丸屋の身代を継がせろと、結句そういう話になってしまったそうだった。

「さようであったか……」

その大名家自体が、どこまでこの一件を認知しているものかは判らないが、堺屋が手を組んで、田丸屋から金をせしめようとしているのは明白である。

そうして田丸屋が、かえって御用達の商人などであるばかりに、公《おおやけ》に大名家と争えないことを逆手《さかて》に取って、いいようにしているのだ。

「相判った。この一件、まずは目付方《こちら》がお預かりいたそう」

「え？　まことでございますか……」

「うむ。おそらくは『大名家の家臣』というのも、先に出た『亀戸村の名主』と同様、堺屋の仕立てた偽者であろうよ。けだし、それを明らかにいたすには、亀戸村の千五百坪が本当は誰のものであるのか、縦《よ》しまことに大名家のものならば、その大名家が今の事態を存じておられるかを確かめねばならぬゆえな」

「さようなことが、できるのでございましょうか？」

「御用達のそなたらには勇気の要《い》ることやもしれぬが、我ら城の役人なれば大丈夫だ。急ぎ内情を調べて報せに来るゆえ、しばし待っていてくれ」

「御目付さま、お有難うございます……」

両手をついて頭を下げてきた里津が、目の前でむせび泣いている。

その姿に、我が妹尾家の身内になるかもしれなかったくだんの「香山唱江どの」の泣いていた姿が重なって、十左衛門はギュッと改めて胸が締め付けられるようになっていた。

やはり「家の主人《あるじ》」である夫を失った女人たちは、世間にあって、弱き存在であるのだろう。

守りたくても守ってやれなかった「唱江どの」の代わりにも、今度こそは目の前の里津や娘御を救ってやりたいと、十左衛門は心に固く決意するのだった。

十一

それから十日ほどしてからの、目付方の下部屋でのことである。

「ではやはり、お大名家の土地というのも、嘘だったのでございますか！」

十左衛門を相手に嬉しそうに言ったのは赤堀小太郎で、今、二人はようやく解決した田丸屋の一件について、話し始めたところであった。

「ああ。いやな、縦《よ》しまことにお大名家の持ち土地《もの》であったなら、堺屋も怖がって、詐欺《さぎ》のネタにはせぬのではないかと思うてな」

里津の話によれば、最初の頃は田丸屋の源兵衛も、堺屋を相手にずいぶん強く出ていたらしい。

だとすれば、もし本当に千五百坪が大名家の持ちもので、源兵衛が「詐欺に遭《あ》った！」などと直《じか》に掛け合ってしまったら、大名家のほうでは、

「我が藩では、いっさい何も聞いてはおらぬ。直ちにその『堺屋』と申す商人を捕らえて、真実を吐かせせよ！」

と、堺屋が追われる立場になりかねなかった。

そんな危ない橋を、はたして堺屋が渡るかと、十左衛門はそう考えたのである。

「千五百坪の空き地は、やはりそのまま亀戸村の休耕田であったそうでな。どうやら売る気はないようで、薬草園の話は駄目になったが、堺屋とその仲間どもも捕らえられて、御医師の真鍋どのにも、田丸屋の里津どのにも、金は返されてきたらしい」

「なれば田丸屋のご妻女も娘御も、元の通りという訳で？」

「さよう。ああした老舗の大店は、番頭も手代も出来の良い古参が、ごろごろとおるゆえな。九つの娘御が婿を取るまで店を支えて、どうにかやっていくだろうさ」

「さようでございますね」

「ああ。三十六のやさぐれた婿など取らずに済んで、それが何より良かったぞ」

「まことに……」

赤堀もつくづくとうなずいている。

その赤堀に、十左衛門は話題を他に移して、こう言った。

「して、くだんの『御用部屋《おへや》よりのお回答《こたえ》』でござるがな……」

「え？　なれば、ようやくまいりましたか！」

二人が話題にし始めたのは、相対替えの実態について書き記して御用部屋の上つ方へと上申した、あの意見書のことである。

改めて幕府より「無理な相対替えを望まぬよう」に、「私利私欲による相対替えを、武家として恥じるよう」にと訓示してもらおうと、目付方より総意で上げられたあの意見書に対する回答が、二ヶ月《ふたつき》以上も経って、ようやく御用部屋から下ろされてきたのだ。

「先にあちらの御台所町の一件があったゆえ、こちらがほうは、うやむやにされるものかと思うていたら、存外、こちらの上申書も捨てられてはいなかったようだな」

「まことにございますね」

その回答の書状が目付部屋に届けられてきたのは今朝がたのことで、十左衛門は、まずは相対替えの案件の担当であった赤堀に最初に報せたいと思い、いまだ他の目付たちには報せぬうちに、今ここで口に出したという訳だった。

「して、ご筆頭、上つ方はどのように……？」

「これがまた、恐ろしく待ったわりには、のらりくらりといたしたものでな……」

そう言って十左衛門が手渡してきた書状を読み終えて、赤堀もため息をついた。

「いや、どうせ、大した進展はなかろうと思うてはおりましたが、正直、予想以上の代物でございました」

「さようであろうな」

目付方にて合議をして、意見書の内容についてを決めた際、赤堀が「この条目は、是非にも入れて欲しい」と、ことさらにこだわったのは、内済金の金額を幕府に対し公にすることである。

たとえば先日の「湯屋の火事」の一件でいえば、二百八十六坪と三坪とを交換するにあたって、三坪しかもらえぬほうに「六十両の内済金」が支払われているわけで、その「六十両」という内済金の額まではっきりと、幕府に書面にして提出するよう、『相対替え』についての規制を強化してもらいたかったのである。

「坪数と内済の金額《がく》が、二つ揃えて書かれてあれば、幕府のほうでも『この相対替えは、ちと異常ではないか？』と判別もつきましょうが、今がように交換の坪数しか書かないようでは、判別のしようがござりませぬし……」

「うむ」

だが今回、内済金の額の記入は、見送られたらしい。「らしい」というのは、その条項《じょうこう》についての回答が、どこにも書かれてないからだった。

「『内済の金額を記せ』と命じたとたんに、おそらくは、諸方の大名家より突き上げを喰《くら》うことになるであろうと、上つ方は、そこを面倒がられたのであろうが……」

「さようにございますね。どうやらお大名家の中屋敷や下屋敷といった場所《ところ》は、一部を売って他を買ったり、売ったと見せかけて金子ですべて払ったりと、なかなかに交換が悪質なようでございますゆえ」

そうした悪辣な交換が多発しているから、内済金の記入を義務づけるよう、提案をしたのだが、老中方も諸藩の圧力を恐れて日和《ひよ》ったということなのであろう。

おまけに「ご回答」の最後には、

『相対替えの屋敷地の交換の場合には、少なくとも十坪の替え地は用意をいたすよう、改めて大名家を含めた幕臣すべてに通達をする。

これまでは三坪だの、五坪だのと、申し訳程度の替え地の交換も見られたが、今後は、十坪以下は認めぬ旨、きつく通達をいたさんとするものである』

と、呆れた条項が記されていたのだ。

「三坪や五坪と、十坪とで、一体、何の違いがございますものやら……」

「まことにな」

したがこの、のらりくらりの「ご回答」を決めるのに、老中首座の右近将監がどれだけ我慢のため息をつき、次席老中の右京大夫がどれだけ腹を立てて自分の膝を扇子で打ったか、判らない。

この後もずっと御用部屋には、目付十人の意見書や案件の報告ごときもあろうかというのに、まことにもって心許《こころもと》ない次第で、だがやはり、そんな御用部屋の実状は、目付方にも半ば読みきれているのだ。

「……あ、そういえばご筆頭、つい先日、くだんの『楢崎どの』よりご報告をばいただきました」

「『楢崎どの』というと、あの六十両で屋敷を取られた御仁だな?」

「はい。ですが、どうやら元の通り、赤坂の先祖代々の屋敷地に戻ることができましたようで、くだんの六十両がほうも、火事の後始末の代として、そのまま返さず済むという話でございました」

「おう、そうか! なればもう、貸し家住まいも終いということでござるな」

「はい。もとより火事で焼けましたのは、竹井らがこしらえた湯屋や納戸の棟だけでございますし、長年住み慣れた屋敷に戻られて、大いに羽を伸ばしておられるそうにてござりまする」

「いや、よかった……」

「はい」

「…………」

楢崎という極めて実直な幕臣が、また一人、普通の暮らしを手に入れることができたというのが、十左衛門にとっては何より嬉しいことである。

早くもさっきの御用部屋の話などは頭のなかから吹き飛んで、十左衛門は今の赤堀からの嬉しい報告《しらせ》に、顔をほころばせるのだった。

時代小説
二見時代小説文庫

幕臣《ばくしん》の湯屋《ゆや》　本丸《ほんまる》目付部屋《めつけべや》11

二〇二二年　五　月二十五日　初版発行

著者　藤木《ふじき》　桂《かつら》

発行所　株式会社　二見書房
〒一〇一-八四〇五
東京都千代田区神田三崎町二-一八-一一
電話　〇三-三五一五-二三一一［営業］
　　　〇三-三五一五-二三一三［編集］
振替　〇〇一七〇-四-二六三九

印刷　株式会社　堀内印刷所
製本　株式会社　村上製本所

落丁・乱丁本はお取り替えいたします。定価は、カバーに表示してあります。
©K. Fujiki 2022, Printed in Japan.
ISBN978-4-576-22060-4
https://www.futami.co.jp/

藤木 桂

本丸 目付部屋 シリーズ

以下続刊

①本丸 目付部屋 権威に媚びぬ十人
②江戸城炎上
③老中の矜持《きょうじ》
④遠国《おんごく》御用
⑤建白書
⑥新任目付
⑦武家の相続
⑧幕臣の監察
⑨千石の誇り
⑩功罪の籤《くじ》
⑪幕臣の湯屋

大名の行列と旗本の一行がお城近くで鉢合わせ、旗本方の中間《ちゅうげん》がけがをしたのだが、手早い目付の差配で、事件は一件落着かと思われた。ところが、目付の出しゃばりととらえた大目付の、まだ年若い大名に対する逆恨みの仕打ちに目付筆頭の妹尾十左衛門は異を唱える。さらに大目付のいかがわしい秘密が見えてきて……。正義を貫く目付十人の清々《すがすが》しい活躍！

早見俊

椿平九郎 留守居秘録 シリーズ

以下続刊

① 椿平九郎 留守居秘録 逆転！評定所
② 成敗！黄金《きん》の大黒
③ 陰謀！無礼討ち
④ 疑惑！仇討ち本懐
⑤ 逃亡！真実一路

出羽横手藩十万石の大内山城守盛義は、江戸藩邸から野駆けに出た向島の百姓家できりたんぽ鍋を味わっていた。鍋を作っているのは、馬廻りの一人、椿平九郎義正、二十七歳。そこへ、浅草の見世物小屋に運ばれる途中の虎が逃げ出し、飛び込んできた。平九郎は獰猛な虎に秘剣朧月《おぼろづき》をもって立ち向かい、さらに十人程の野盗らが襲ってくるのを撃退。これが家老の耳に入り……。

二見時代小説文庫

森 真沙子

柳橋ものがたり

シリーズ

以下続刊

①船宿『篠屋《しのや》』の綾《あや》
②ちぎれ雲
③渡りきれぬ橋
④送り舟
⑤影燈籠《かげどうろう》
⑥しぐれ迷い橋
⑦春告げ鳥
⑧夜明けの舟唄

訳あって武家の娘・綾《あや》は、江戸一番の花街の船宿『篠屋《しのや》』の住み込み女中に。ある日、『篠屋』の勝手口から端正な侍が追われて飛び込んで来る。予約客の寺侍・梶原だ。女将のお簾は梶原を二階に急がせ、まだ目見え（試用）の綾に同衾《どうきん》を装う芝居をさせて梶原を助ける。その後、綾は床で丸くなって考えていた。この船宿は断ろうと。だが……。

二見時代小説文庫

和久田正明

怪盗 黒猫 シリーズ

以下続刊

①怪盗 黒猫
②妖刀 狐火《きつねび》
③女郎蜘蛛
④空飛ぶ黄金

若殿・結城直次郎は、世継ぎの諍いで殺された妹の仇討ちに出るが、仇は途中で殺されてしまう。下手人は一緒にいた大身旗本の側室らしい？江戸に出た直次郎は旗本屋敷に潜り込むが、黒装束の影と鉢合わせ。ところが、その黒影は直次郎が住む長屋の女大家で、巷で話題の義賊黒猫だった。仇討ちが巡り巡って、女義賊と長屋の住人ともども世直しに目覚める直次郎の活躍！

二見時代小説文庫

瓜生颯太

罷免家老 世直し帖

シリーズ

以下続刊

① 罷《ひ》免《めん》家老 世直し帖1 傘張り剣客
② 悪徳の栄華
③ 亡骸は語る

出羽国鶴岡藩八万石の江戸家老・来栖《くるす》左膳《さぜん》は、戦国以来の忍び集団「羽黒組」を束ね、幕府老中となった先代藩主の名声を高めてきた。羽黒組の諜報活動活用と自身の剣の腕、また傘張りの下士への奨励により藩を支えてきた江戸家老だが、新任の若き藩主と対立、罷免され藩を去った。だが、新藩主への暗殺予告がなされるにおよび、来栖左膳の武士の矜持《きょうじ》に火がついて……。

二見時代小説文庫

藤 水名子

古来稀なる大目付

シリーズ

以下続刊

① 古来稀《まれ》なる大目付 まむしの末裔
② 偽りの貌
③ たわけ大名
④ 行者と姫君
⑤ 猟鷹《りょうよう》の眼

「大目付になれ」――将軍吉宗の突然の下命に、一瞬声を失う松波三郎兵衛正春だった。蝮《まむし》と綽名された戦国の梟雄・斎藤道三の末裔といわれるが、見た目は若くもすでに古稀を過ぎた身である。しかも吉宗は本気で職務を全うしろと。「悪くはないな」――冥土まであと何里の今、三郎兵衛が性根を据え最後の勤めとばかり、大名たちの不正に立ち向かっていく。痛快時代小説！

井川香四郎

ご隠居は福の神

シリーズ

以下続刊

①ご隠居は福の神
②幻の天女
③いたち小僧
④いのちの種
⑤狸穴《まみあな》の夢
⑥砂上の将軍
⑦狐《きつね》の嫁入り
⑧赤ん坊地蔵

「世のため人のために働け」の家訓を命に、小普請組の若旗本・高山《たかやま》和馬《かずま》は金でも何でも可哀想な人たちに分け与えるため、自身は貧しさにあえいでいた。ところが、ひょんなことから、見ず知らずの「ご隠居」を屋敷に連れ帰る。料理や大工仕事はいうに及ばず、体術剣術、医学、何にでも長《た》けたこの老人と暮らすうち、和馬はいつしか幸せの伝達師に！「ご隠居」は何者？　心に花が咲く！

二見時代小説文庫